Emilia Pardo Bazán

Cuentos
de Marineda

Barcelona **2024**
Linkgua-ediciones.com

Créditos

Título original: Cuentos de Marineda.

© 2024, Red ediciones S.L.

e-mail: info@linkgua.com

Diseño de cubierta: Michel Mallard.

ISBN rústica: 978-84-9953-815-0.
ISBN ebook: 978-84-9007-746-7.

Sumario

Brevísima presentación

La vida

Emilia Pardo Bazán (1851-1921). España.

Nació el 16 de septiembre en A Coruña. Hija de los condes de Pardo Bazán, título que heredó en 1890. En su adolescencia escribió algunos versos y los publicó en el *Almanaque de Soto Freire*.

En 1868 contrajo matrimonio con José Quiroga, vivió en Madrid y viajó por Francia, Italia, Suiza, Inglaterra y Austria; sus experiencias e impresiones quedaron reflejadas en libros como *Al pie de la torre Eiffel* (1889), *Por Francia y por Alemania* (1889) o *Por la Europa católica* (1905).

En 1876 Emilia editó su primer libro, *Estudio crítico de Feijoo*, y una colección de poemas, *Jaime*, con motivo del nacimiento de su primer hijo. *Pascual López*, su primera novela, se publicó en 1879 y en 1881 apareció *Viaje de novios*, la primera novela naturalista española. Entre 1831 y 1893 editó la revista *Nuevo Teatro Crítico* y en 1896 conoció a Émile Zola, Alphonse Daudet y los hermanos Goncourt. Además tuvo una importante actividad política como consejera de Instrucción Pública y activista feminista.

Desde 1916 hasta su muerte el 12 de mayo de 1921, fue profesora de Literaturas románicas en la Universidad de Madrid.

Cuentos de Marineda

Por el arte

Mientras residí en la corte desempeñando mi modesto empleo de doce mil en las oficinas de Hacienda, pocas noches recuerdo haber faltado al paraíso del teatro Real. La módica suma de una peseta cincuenta, sin contrapeso de gasto de guantes ni camisa planchada —porque en aquella penumbra discreta y bienhechora no se echan de ver ciertos detalles—, me proporcionaba horas tan dulces, que las cuento entre las mejores de mi vida.

Durante el acto, inclinado sobre el antepecho o sobre el hombro del prójimo, con los ojos entornados, a fuer de dilettante cabal, me dejaba penetrar por el goce exquisito de la música, cuyas ondas me envolvían en una atmósfera encantada. Había óperas que eran para mí un continuo transporte: Hugonotes, Africana, Puritanos, Fausto, y cuando fue refinándose mi inteligencia musical, El Profeta, Roberto, Don Juan y Lohengrin. Digo que cuando se fue refinando mi inteligencia, porque en los primeros tiempos era yo un porro que disfrutaba de la música neciamente, a la buena de Dios, ignorando las sutiles e intrincadas razones en virtud de las cuales debía gustarme o disgustarme la ópera que estaba oyendo. Hasta confieso con rubor que empecé por encontrar sumamente agradables las partituras italianas, que preferí lo que se pega al oído, que fui admirador de Donizetti, amigo de Bellini, y aun me dejé cazar en las redes de Verdi. Pero no podía durar mucho mi insipiencia; en el paraíso me rodeaba de un claustro pleno de doctores que ponían cátedra gratis, pereciéndose por abrir los ojos y enseñar y convencer a todo bicho viviente. Mi rincón favorito y acostumbrado, hacia el extremo de la derecha, era, por casualidad, el más frecuentado de sabios; la facultad salmantina, digámoslo así, del paraíso. Allí se derramaba ciencia a borbotones y, al calor de las encarnizadas disputas, se desasnaban enseguida los novatos. Detrás de mí solía sentarse Magrujo, revistero de El Harpa —periódico semiclandestino—, cuyo suspirado y jamás cumplido ideal era una butaca de favor, para darse tono y lucir cierto frac picado de polilla y asaz anticuado de corte. A este Magrujo competía ilustrarnos acerca de si las «entradas» y «salidas» de los cantantes iban como Dios manda; y desempeñaba su cometido como un gerifalte, por más que una noche le pusieron en visible apuro preguntándole qué cosa era un semitono y en qué consistía el intríngulis de cantar sfogatto. A mi izquierda estaba Dóriga, un chico flaco, ayudante de una cátedra de Medicina, el cual tenía el raro mérito de no oír nunca a los cantantes, sino a la orquesta, y para eso, de no oírla en conjunto, sino a cada instrumento por su lado, de manera que, al caer el telón, nos tarareaba pianísimo, con entusiasmo loco, los compases, ¡morrocotudos! de los violines antes del aria del tenor, o las notas ¡de buten!, que tiene el corno inglés después del coro de sacerdotes, verbigracia. Un poco más lejos, silencioso y mamando el puño de su bastón, que era una esfera de níquel, veíamos a don Saturnino Armero, oráculo respetadísimo, ya porque solo hablaba en contadas ocasiones y para resolver las disputas de mayor cuantía, ya porque era uno de esos maniáticos de arte que tienen la habilidad de meterse por el ojo de una aguja en casa de las eminencias más ariscas e inaccesibles, y ahí le tienen ustedes íntimo amigo de Arrieta, y de Sarasate, y de Gayarre y de Uetam y de Monasterio, y él sabía antes que nadie el tren por que llegaba la Patti a Madrid, y esperaba a la diva en el andén, y a él le confiaba la Reszké la cartera de viaje, para que hiciese el favor de llevársela hasta su domicilio, y él asistía a las conversaciones más privadas, siempre silencioso y mamando el puño del bastón, pero oyendo con toda su alma, sin pestañear siquiera, adquiriendo conocimientos profundos y erudición peregrina y datos siempre nuevos. Este mortal iniciado podía disfrutar butaca gratis, pues desde el empresario hasta el último tramoyista, todo el mundo era amigo de don Saturnino Armero; pero iba al paraíso por no mudarse camisa después de embaular el garbanzo.

Quien más alborotaba el corro era Gonzalo de la Cerda, teniente de Estado Mayor, con puntas y collares de artista. Éste no venía siempre a las altas regiones; muchas noches le veíamos en las butacas luciendo su linda y afeminada figura y su blanquísima pechera, y no dando punto de reposo a los gemelos. Cuando subía a compartir nuestra oscuridad, se armaba un alboroto, una Babel de discusiones, que no nos entendíamos. Porque La Cerda, de puro quintaesenciado y sabihondo que era en asuntos de música, nos traía mareados a todos, diciendo cosas muy raras. Aseguraba formalmente que el peor modo de entender y apreciar una ópera era oírla cantar. Eso se queda para el profano vulgo; los verdaderos inteligentes no gozan con que les interpreten otros las grandes páginas; han de traducirlas ellos, sin intermediario, en silencio absoluto, leyéndolas con el cerebro y el pensamiento, lo mismo que se lee un libro, el cual no hay duda que se entiende mucho mejor leyéndolo para sí que si nos lo lee otra persona.

—Según eso —le replicábamos— el verdadero placer de la música, ¿lo saborean principalmente los sordos?

Contábanos, además, La Cerda que él se pasaba horas larguísimas, desde la una hasta las cuatro de la madrugada, acostado, con la luz encendida, la partitura, sinfonía o sonata sobre el estómago, interpreta que te interpretarás, tan absorto, que se creía en el quinto cielo.

—Entonces, ¿para qué viene usted aquí? —le gritaban todo el corro unánime.

—Para que no me lo cuenten. Y tampoco se viene siempre al teatro por la función, contestaba sonriendo, mientras las vecinitas (teníamos por allí dos o tres de recibo) hacían que se ruborizaban, dándose aire muy aprisa con al abanico japonés.

Aún chillábamos y aturdíamos más a La Cerda por su inexorable modo de maltratar nuestras óperas preferidas. Aida le parecía una rapsodia, una cosa que «no le había resultado» a Verdi; Rigoletto, un mal melodrama; Somnámbula, arrope manchego; Fausto, una zarzuela. Esto fue lo que acabó de sulfurarnos. ¡Una zarzuela, Fausto, el Fausto de Gounod! ¡La ópera que siempre llenaba el paraíso; la que sabíamos todos de memoria y tarareábamos enterita desde la sinfonía hasta la apoteosis final! Y nada, él firme en que era una zarzuela —«una mala zarzuela», añadía con descaro—, falta de inspiración, de seriedad y de frescura. En prueba de este aserto, canturreaba algunos motivos de Fausto, que, efectivamente, se encuentran en zarzuelas antiguas: a lo cual replicábamos nosotros entonando motivos también zarzueleros y hasta callejeros y flamencos, que, sobre poco más o menos, pueden encontrarse en el Don Juan, de Mozart; con lo cual imaginábamos aplastarle, porque el Don Juan era para nosotros la autoridad suprema, la ópera indiscutible; lo demás podía ponerse en tela de juicio; pero al nombrar Don Juan, boca abajo todo el mundo. Vimos, sin embargo, con indignación profunda, que ni ese sagrado respetaba el iconoclasta de La Cerda. Para él, Don Juan era una ópera riquísima en temas y asuntos, pero mal trabada y defectuosa en su composición; algo parecido a esos libros gruesos, tesoro de noticias eruditas, y que nadie lee enteros; únicamente se archivan en las bibliotecas, como obras de consulta, para hojearlos si ocurre.

Cuando le preguntábamos a La Cerda si había alguna ópera que él considerase perfecta, digna de proponerse hoy por modelo, solía citarnos las de Wagner y también otras de compositores franceses, como Massenet, Bizet, etc. —que para mí ni son carne ni pescado—. Ello es que entre la feroz intransigencia del iconoclasta, la crítica parcial de Dóriga, las observaciones de Magrujo y las escasas, pero contundentes advertencias de don Saturnino, yo iba ilustrando mi criterio, y ya casi me juzgaba doctor en estética musical. En el dichoso rincón llovían maestros. Cada cual tenía su especialidad: el uno se sabía de memoria las óperas, y en el entreacto nos cantaba todo el acto pasado y el futuro; el otro estaba fuerte en argumentos: sabía al dedillo la letra de los recitados, y por él nos enterábamos de lo que decía el coro, y del motivo por qué andaba tan furioso el tenor, o la tiple tan melancólica; el de más allá despuntaba en la crónica de entre bastidores, y nos revelaba secretos psicofísicos, que son clave de muchas ronqueras, de varios catarros y de ciertos «gallos» intempestivos. Insensiblemente, con los «elementos que cada cual aportaba», tomando de aquí y de acullá, a todos se nos formaba el gusto y se nos desarrollaba de un modo portentoso el chichón de la filarmonía. Añádase a esto el grato calor de intimidad que en el paraíso une a gentes que, acabada la temporada de ópera, no vuelven a verse en todo el año; el gusto de estar en contacto perpetuo con hermosas cursis, tan amables que, mientras llegaba, me guardaban el sitio, colocando en él sus abrigos para señal; la sección de chismografía y despellejamiento de las damas de alto coturno que, a vista de pájaro, distinguíamos tan orondas, y a veces tan aburridas, en sus palcos forrados de carmesí, entre un mar de caliente luz y un vago centelleo de pedrerías; el placer de sudar mientras fuera nevaba; otras mil ventajas y atractivos que el paraíso reúne, y diga cualquiera si no había yo de pasarlo bien en mi rinconcito.

Por desgracia, el amigo de un diputado poderoso codició mi puesto en la oficina y en la corte, y como favor especial se me dio a escoger entre la traslación o la cesantía. Claro que me agarré a lo primero con dientes y uñas; pero se me partía el corazón al despedirme de mi paradisíaca banqueta. Pude lograr ir a Marineda de Cantabria, capital de provincia afamada por su buen clima y su próspero comercio, y donde con mi sueldecillo y mis metódicas aficiones, que ya iban siendo de solterón empedernido e incurable, esperaba llevar una existencia apacible y pálida, sin alegrías ni disgustos de marca mayor, cumpliendo mi obligación y procurando no meterme con nadie; en suma, vegetar, que es mi humilde aspiración de hombre oscuro, resignado a no dejar huella grande ni chica en la memoria de sus semejantes.

Instaléme en una casita de huéspedes de las de poco trapío, aunque céntrica y regida por patrona agasajadora y afable, y arreglé como un cronómetro mis quehaceres y mis horas. Mañana y tarde, a la oficina; un paseo antes de anochecer, por las Filas y calle Mayor; al café y al Casino de la Amistad un rato, así que se encendía luz, para leer los periódicos y echar un párrafo con los conocidos; y a las once, a casa, donde me esperaba mi camita de hierro, a cada paso más solitaria y melancólica...

Es infalible que al poco tiempo de residir en provincia, todo hombre de bien se siente inclinado al matrimonio y echa de menos los «purísimos goces del hogar». La situación del soltero, considerado «partido», «proporción» o «colocación» para las niñas, se pasa de comprometida y difícil en pueblos semejantes a Marineda. Por todas partes se le tienden lazos, se le asestan flecheras miradas y tiernas sonrisas; los amigos casados —supongo que con la intención de un miura— le asaetean a bromas incitándole a entrar en el gremio; las mamás y papás le dedican peligrosas amabilidades o, si la niña es rica, le obsequian con inesperados sofiones; pero, sobre todo, el tedio, la insufrible pesadez de la vida angosta le producen eso que ahora llaman «sugestión», y le incitan a acurrucarse en un caliente nido familiar que se supone asilo de la dicha, sin que para esta ilusión, como para las demás humanas, haya escarmiento posible en cabeza ajena. En mí influía especialmente el aburrimiento de las noches. Porque ni el Casino de la Amistad, con sus mesas de tresillo y su gabinete de lectura, ni otros pequeños centros de reunión que se formaban en cafés, boticas y tiendas, equivalían, desde que empezaron las largas y lluviosas veladas de otoño, a mi querido paraíso.

Faltábanme aquellas graciosas escaramuzas artísticas a que yo estaba acostumbrado. En Marineda se habla eternamente de cuestiones locales mezquinas, que me importaban un bledo, que ya me desesperaba oír comentar, si algunas veces con ingenuo y sandunga, por lo regular con machaconería insufrible. La misma murmuración (de la cual yo no reniego, al contrario, pues la cuento entre las cosas más divertidas e instructivas que hay en el mundo) no tiene en provincia aquella ligereza cortesana, que parece que les pone alas a los chistes; en provincia se gruñe quince días por lo que en Madrid entretiene y provoca chistes dos minutos, y más que latigazo, semeja la censura cruel carrera de baquetas, en que ya ningún corazón generoso puede dejar de interesarse por la víctima y detestar a los verdugos. Como además no soy muy aficionado al juego, faltábame el recurso de fundar una partida de tresillo. Malhumorado, me acostaba a las diez y conciliaba el sueño leyendo y releyendo La Correspondencia, El liberal, los periódicos de la corte, sobre todo cuando hablaban de la temporada lírica y traían alguna crónica de Magrujo, quien, desde El Harpa, había logrado ascender a la Prensa de fuste y, sin duda, a la suspirada butaca de favor. Pero, gradualmente, se me hacía más árida y más triste la soledad de mi alcoba de posada, con sus cortinillas de muselina de dudosa limpieza, el feo lavabo de hierro, la desvencijada mesa de noche y la desolación de las ropas colgadas en la percha, que parecían siluetas fláccidas de ahorcados.

A principios de noviembre se abrió el Teatro principal, llamado Coliseo por la Prensa marinedina. Una compañía de zarzuela, ni mejor ni peor que las que actúan en la corte, se dedicó a refrescar los secos laureles del repertorio clásico: Magiares, Diamantes de la corona, Dominó azul, alternando con las zarzuelas nuevas, Molinero de Subiza, Tempestad, Anillo de hierro, y no sin intercalar de cuando en cuando La Gran Vía, Niña Pancha y otras humoradas de las que hoy gozan el favor del público. Como buen aficionado a la música, yo detesto la zarzuela; pero concurrí asiduamente al teatro por lo consabido «¿Adónde vas, Vicente? A donde va la gente.» Los días en que se representaban ciertas obras de pretensiones, como La tempestad, me las echaba de entendido, despreciando aquella «ridícula parodia de la música formal» y alzando desdeñosamente los hombros cuando algunos profanos de las butacas la ensalzaban mucho. Así fui ganando fama de competente y filarmónico, y empezaron a respetarme los grupos que se formaban en los pasadizos. Mis once años de paraíso eran un diploma de suficiencia que imponía a los más lenguaraces. Cuando me veían, repantigado en mi butaca, fruncir el ceño a ciertos descuidos de la tiple y subrayar las desafinaciones y los berridos del barítono, me decían con acento respetuoso:

—Estará usted aburrido, ¿eh, amigo Estévez? Esto no es oír a la Patti ni a Gayarre.

—¡Bah! Lo que menos le importa a Estévez es lo que pasa en la escena— replicaban otros dándome en el hombro palmadicas.

Y era verdad. Generalmente, mis ojos tomaban la dirección de la platea cuarta, donde lucían sus encantos dos niñas de las más bonitas que honran a Marineda —y cuenta que allí las hay bonitísimas y a granel; una de las razones por que en aquel pueblo pesa tanto la soltería—. Las dos niñas sabían perfectamente que yo miraba hacia su palco; pero lo gracioso fue que al principio las miraba a ambas, pues me gustaban lo mismo; eran muy parecidas, como dos gotas, solo que una tenía la cara más cándida y la otra el respingo de la nariz le daba un aire de picardía saladísimo. Por lo cual llegué a preferirla; más ellas, no sabiendo de fijo a cuál se dirigía el homenaje de mi «oseo», determinaron que era a la inocentilla, y, en efecto, ésta fue la que, con disimulo y por el rabo del ojo, empezó a corresponder a mis amorosas finezas. A los pocos días me avine y acostumbré de tal modo al cambio, que hasta llegué a dudar si en efecto sería a Celinita y no a Natividad a quien desde el primer momento había dedicado mis tiernas ansias.

En este entretenimiento inofensivo se pasó la primera temporada teatral, que duró hasta fines de enero —setenta o setenta y cinco mortales zarzuelas que nos encajaron, entre el doble abono y las extraordinarias y beneficios—. Ya todo Marineda sabía de memoria los aires y letra de La Gran Vía y de Los lobos marinos; los pianos caseros nos martilleaban los oídos con música de las mismas obras, y las bandas militares las ejecutaban por las tardes en el paseo y en misa de tropa por las mañanas. A los artistas de la compañía los considerábamos como de la familia, por decirlo así, y el barítono y el gracioso se habían creado —lo afirmaban los periódicos— verdaderas simpatías en la población.

Solo yo les ponía la proa, asegurando que los zarzueleros no merecen consideración de artistas, ni ese es el camino. En suma, ellos, el día que se marcharon, mostrábanse tristes, sintiendo dejar aquel pueblo donde tan afectuosamente se les trataba, donde alternaban con lo más granado del sexo masculino. La contralto, a quien le había salido un protector (según malas lenguas), iba hecha un mar de lágrimas. No me conmovió la partida de la compañía, lo confieso; sin embargo, al día siguiente de la marcha noté un vacío: las noches volvían a ser eternas, otra vez al Casino de la Amistad, en medio de un aguacero desatado, a oír las mismas murmuraciones, a discutir horas enteras si la plaza de médico del hospital se le debió dar a Barboso o a Terreiros; y si fueron intrigas de Mengano o imposiciones de Perengano; y Celinita metida en su casa o refugiada en ciertas tertulias caseras, pero graves, donde yo no me atrevía ni a poner el pie, porque era tanto como ponerlo en la antesala de la iglesia, y al pensar en eso, con toda mi nostalgia de la familia, me entraban escalofríos.

Yo veía a Celinita en la platea, y me encantaba contemplarla, recreándome en el precioso conjunto que hacía su cara juvenil, muy espolvoreada de polvos de arroz como un dulce fino de azúcar; su artístico peinado, con un caprichoso lazo rosa prendido a la izquierda; su corpiño de «velo» crema, alto de cuello, según se estila, que dibujaba con pudor y atrevimiento la doble redondez del seno casto; pero cuando saltaba con la imaginación un lustro y me figuraba a la misma Celinita ajada por el matrimonio y la maternidad, con aquel pecho, tan curvo ahora, flojo y caído; malhumorada y soñolienta por la noche feroz que nos había dado nuestro tercer canario de alcoba..., entonces, a pesar de mis soledades nocturnas y mis ansias de vida íntima, me felicitaba de que Celinita se aburriese sola en alguna de esas tertulias de provincia donde las muchachas se ven obligadas a bailar el rigodón unas con otras mientras los hombres disponibles y casaderos entran furtivamente y embozados hasta los ojos, en la casa de tal o cual modistilla o cigarrera alegre, allá por los barrios extraviados y sospechosos.

A mediados de febrero comenzó a fermentar en Marineda una noticia. Venía, venía, venía y venía muy pronto, ¡nada menos que compañía de ópera!, ¡un cuarteto de primer orden, con cantantes aplaudidos y admirados en los mejores teatros de Portugal, de Italia y hasta de Rusia! La nueva circuló rápidamente y alborotó los corrillos y originó interminables polémicas. La mayoría de los marinedinos estaban a favor de la Empresa, aunque les escamaba un tanto lo de los precios, pues entre la compañía de zarzuela y los bailes de Carnaval andaban muy exprimidos los bolsillos, y, una butaca en dieciocho reales, ¡era un ladronicio escandaloso! Pero, en cambio, se llenaban la boca con decir que en su coliseo tendrían un espectáculo no inferior a los que se disfrutan en Barcelona y Madrid. Gustábales leer en la lista del cuadro de compañía renglones sonoros, como: Prima donna, signora Eva Duchesini. Soprano, signora Lucrezia Fioravalle. Primo basso, signor Filiberto Cavaglione. Y más abajo de estos nombres melodiosos y rimbombantes, que suenan como gorgoritos, una tentadora lista de óperas, de las cuales, desde hacía bastantes años, no se oía en Marineda sino algún trozo ejecutado por las charangas o hecho picadillo por los pianos: Lucía, Barbero, Fausto, ¡y hasta Roberto el Diablo y Hugonotes!

Desde el primer momento voté en contra de la compañía: oposición a rajatabla, con un furor que a veces me asombraba a mí mismo. En primer lugar, me fastidiaba soltar dieciocho reales por ver mamarrachos, yo, que tanto tiempo había estado oyendo por seis reales o una peseta lo mejorcito que hay en Europa en materia de arte lírico. En segundo, mi conciencia de aficionado antiguo se sublevaba: ¿Qué Hugonotes ni qué alforjas en el teatro de Marineda? ¿Qué Roberto? ¿Quién era la Duchesini, muy señora mía, que jamás la había oído nombrar? ¿Qué becerro sería ese Cavaglione, conocidísimo en su casa a las horas de comer?

Sin embargo, como en provincia no hay originalidad posible en el vivir y es fuerza que todos vayan unos tras otros como mulos de reata, la perspectiva de encontrarme solo en el salón del Casino de la Amistad, en aquel salón lúgubre cuando no lo puebla el ruido de las disputas; el terror de pasarme la velada en compañía de tres o cuatro catarros crónicos (el senado machucho que no suelta por nada su rincón); el recelo de que me llamasen tacaño, y dijesen que había querido ahorrar el dinero del abono; el fastidio de que viniesen a contarme novecientas grillas sobre la hermosura de la contralto y la voz del tenor, y acaso una comezón secreta de volver a cruzar mis ojos con los de Celina y fantasear amores sin riesgo ni compromiso, todo me impulsó a abonarme, escogiendo mucho la butaca, como se escoge la casa donde se piensa habitar largo tiempo.

Otras razones había para que aquel abono fuese un acontecimiento, un estímulo y un interés en mi monótona existencia. La oposición sañuda que yo había hecho por espacio de quince días a la ópera, me había dado ocasión de desplegar en corrillos, casinos, cafés y tiendas mis variados conocimientos en arte musical, y de lucir aquel mosaico de teorías, análisis, juicios y doctrinas que debía a la enseñanza de mis compañeros de paraíso. Asombrábame, cual se asombraría el fonógrafo si fuese consciente, de notar cómo me subían a la boca y se me salían por ella a borbotones las mismas palabras de mis doctores y maestros. Yo había absorbido, a modo de esponja, la sabiduría de todos ellos juntos. Unas veces charlaba con la verbosidad y petulancia de Magrujo; otras juntaba el pulgar y el índice, alzando los demás dedos y estirando el hocico para alabar un pizzicatto o un crescendo, igual que Dóriga; ya imitaba la campanuda gravedad del venerable Armero, dando exactísimos detalles biográficos, que todo el mundo ignoraba, acerca de Gayarre, Antón, Stagno, la Patti y la Theodorini; ya, como Gonzalo de la Cerda, desarrollaba aquellas profundas teorías de que el peor modo de entender una ópera es oírla cantar, y el más inefable placer artístico se cifra en tenerla sobre el estómago a las altas horas de la noche, entre el silencio, y leerla para sí. Hasta juré que esto último lo había yo ejecutado varias veces; y como el afirmar mucho que se sabe una cosa equivale a saberla, y ya desde la temporada de zarzuela alardeaba de entendido, mi reputación creció bastante, y me sentí temido, influyente y poderoso, lo cual halagó mi amor propio.

Cuando fui a recoger mi butaca, el encargado de la cobranza me dijo con suma deferencia y en voz conciliadora:

—Señor de Estévez, ya sabemos que entiende usted muchísimo de música... Verá usted que el cuadro de compañía es digno de figurar en cualquier parte... Creo que ha de quedar usted contento del bajo... es una notabilidad: también la tiple... Ya me dirá usted ciertas faltitas. ¿Usted me entiende?; por supuesto, que en teatros que no son el Real, hay que perdonarlas; y más les temo yo a los ignorantes, que nunca olfatearon una buena ópera, que a las personas ilustradas y competentísimas, como usted. Aquí (bajando la voz) no hay criterio propio; no, señor. En fin, le voy a decir a usted, en reserva, una cosa: ya tres o cuatro personas me han pedido que les guarde butaca cerca de la que usted tome para oír su parecer y enterarse. Conque imagínese usted... Nada de lo que usted diga se les pasará por alto. Su fallo se espera con impaciencia.

Comprendí que el bueno del recaudador me estaba camelando para que no les hiciese mala obra, y esto lisonjeó infinito mi vanidad y me sobornó; seamos francos. Después de todo, ¿qué eran los cantantes sino pobres diablos que venían a ganar su pan? Casi experimenté un sentimiento de conmiseración y cariño hacia aquellas gentes desconocidas, que ya me proporcionaban dejos de emoción artística, arrancándome a las empalagosas chismografías del Casino.

Marineda, que es una ciudad comercial y bastante culta, a quien quitan el sueño los laureles de Barcelona, se precia ante todo de entender de música; y no hay duda, sus hijos revelan disposición para lo que los periódicos locales llaman «el divino arte»; mas la falta de comunicación, la imposibilidad de oír a menudo verdaderas eminencias, de asistir a conciertos y de tomar el gusto, hacen que la inteligencia no iguale a las aptitudes y, sobre todo, que les falte la noción exacta del mérito relativo y se alabe lo mismo a un gran compositor, por ejemplo, que a un aficionado que toca medianamente el cornetín. Sin embargo, como en todo pueblo que se despierta al entusiasmo artístico, hay en Marineda efervescencia y ardor, y el estreno de la compañía de ópera, desde una semana antes, era el acontecimiento capital del invierno. Se había resuelto que empezaría con Hernani.

Ya supondrán ustedes que la primera noche que se cantaba ópera en Marineda no era cosa de sacar el cuarteto «bueno», ni menos de exhibir a la «estrella», al clou, a la Duchesini, con la cual nos traían mareados antes de haberla visto. No; la Duchesini se reservaba, y de Hernani saldríamos... como pudiésemos.

De los dos tenores, también fue el más averiado el que se calzó las botas de papel imitando cuero, se ciñó el coleto seudoante y salió, rodeado de tagarotes, a echarla de «bandito». Conocíasele a aquel deshecho o zurrapa del arte que allá en sus treinta o treinta y cinco habría recorrido, si no gloriosa, cuando menos honrosa carrera; pisado escenarios de renombre, tenido sus horas de ovación, sus triunfos de toda índole... y aun la esbeltez del cuerpo, la estudiada colocación del cabello, la bien tajada y picuda barba, protestaban contra los estragos prematuros de la edad o de la vida desastrada y azarosa, revelada no solo en los desperfectos físicos, sino muy principalmente en la voz, tan extinguida, que desde las butacas apenas la podíamos apreciar; tan empañada y blanca, que parecía voz de hombre que canta con residuos de una cucharada de gachas atravesadas en el gaznate. Como Hernani es «ópera de tenor», los abonados se manifestaron descontentos, viendo tan mal principio y notando las escandalosas desafinaciones del coro, y en pasillos y palcos principió a fermentar sorda inquina contra la Empresa y el «cuadro»; los periodistas, desde sus butacas de primera y segunda fila, cuchichearon cabeceando y trocando en voz baja fatídicas impresiones; el telón cayó en medio de un silencio glacial, y antes de concluirse la ópera ya corría por el teatro el rumor —mañosamente esparcido— de que se iba a rescindir la contrata de «aquel hueso». «Buen principio de semana cuando el lunes ahorcan», decía con detestable humor y satírico énfasis el almacenista de pianos Ardiosa, a matar con la Empresa y la compañía por ciertas quisquillas relacionadas con la organización de la orquesta...; y los defensores del empresario protestaban: «Hombre, bien; ya sabemos que hoy toca este cuarteto... ¿Querría usted que echasen el resto el primer día? Pero ¡ya verán ustedes la Duchesini! ¡La Duchesini!». Y hacían el gesto del que prueba un dulce muy rico.

¿Lo confesaré? Lejos de compartir el espíritu de hostilidad que hervía en el callejón de las butacas y en todos los puntos del teatro, donde se aglomeraban espectadores contra el cuartero malo, yo, desde que se alzó el telón pausadamente sentí compasión, muy luego trocada en simpatía, no solo hacía el ruinoso tenor (que respondía por signor Ettore Franceschi), sino hacia toda la troupe. La propia ridiculez de los coros reforzó este sentimiento súbito e inexplicable, que solo puedo comparar al deseo de protección que nos inspira un perro viejo y cochambroso que recogemos en la calle y a quien, por su mismo pelaje sucio y espinazo saliente, nos empeñamos en salvar de la estricnina. No sabré expresar toda la piedad que los infelices coristas me despertaban. Verlos allí, de coleto, de chambergo, con el aparato romántico de bandidos del siglo XVI, que cantan los novelescos amoríos de su jefe; verlos después en el subterráneo donde reposan las cenizas del sommo Carlo, embozados en sus viejas capas y con sus birretes de lacia pluma, echándola de tremendos conspiradores... y leer, bajo la torpe e inhábil mascarada, la realidad de unos hambrones infelices, que ni dinero tenían para adquirir zapatos de época, por lo cual sacaban, con indiferente impudor, botas de elásticos para tramar el asesinato de Carlos Quinto..., ¿No es cosa que hace llorar? ¿Hay espectáculo más lastimoso que éste?

Tan poderosa fue en mí la compasión, que, comprometiendo mi prestigio, en todos los corrillos defendí a «aquella parte» de compañía, declarando que las faltas que se notaban eran culpa de la ópera, y de la ópera no más. «Hernani es capaz de reventar a un buey, señores... Si estas óperas de "bravura" no hay cantante que las resista... Por eso van desterrándose... Ese Franceschi no merece el desprecio con que ustedes le tratan... Tiene muy buen método de canto... Es lo que se llama "un artista de temporada"... De fijo que la tan cacareada Duchesini no sabe su obligación como él... Me huele a que será una cursi, de esas que ponen flecos a las cavatinas...» Muchos se enojaban por estas afirmaciones prematuras; pero yo, a fuerza de retórica a lo Magrujo, conseguía que parte del auditorio, la inconsciente, se pusiese a mi lado.

—¡Hombre —objetaba Ardiosa—, me llama la atención! ¿Pues usted no se las echaba de tan severo ocho días hace?

—Por lo mismo —replicaba yo—. Mi opinión es que en Marineda ni puede ni debe haber ópera; pero ya que se ha traído, «contra todo mi parecer», no vienen al caso aquí las exigencias que tendríamos en el Real.

—Pues la Duchesini —me contestaban— en el Real «haría furor»... Ya lo verá usted... Nada, a la prueba.

En medio de estas discusiones no crean ustedes que me olvidé de Celinita ni de mi inocente flirteo con aquella gentil criatura. Entre otras virtudes, tiene la música, para temperamentos como el mío, la de producir cierta embriaguez poética que anula las nociones de lo real. El brío y estrépito de Hernani me ha infundido siempre inconsiderada intrepidez, suprimiendo la consideración de los pequeños obstáculos y dificultades que en la vida estorban adoptar grandes resoluciones. Interpretando las sonoridades de los metales de la orquesta como explosiones de la furiosa pasión de Hernani, claro está que habían de parecerme grano de anís los inconvenientes que me impedían formalizar mi trueque de ojeadas con la linda niña de la platea. ¡Indigno sería de mí, en los instantes en que me sentía arrebatado al quinto cielo del romanticismo, pensar en nada práctico! ¿Acaso Hernani veía a su dama como yo solía ver a Celinita para huir de tentaciones: ajada, en zapatillas, madre ya de varios retoños? Las heroínas de ópera no tienen chiquillos ni envejecen nunca. Así es que mis ardientes guiños, mis denodados gemelos dijeron claramente aquella noche a Celinita (que por cierto estrenaba una original casaquilla azul y una corona de miosotis muy graciosa) que en mí había la madera de un «Hernani»... capaz de todo... ¡Vicaría inclusive!...

Era miércoles el día siguiente, y el estreno del otro cuarteto ¡y de la Duchesini!, con el Barbero, llenó de bote en bote el teatro. Cantó el nuevo tenor, Martinetti, la deliciosa serenata, con voz que hacía temblar las arracadas y colgantes de la lucerna; pero lo que aguardábamos, unos ansiosos y otros hostiles, era la salida de la Duchesini. Cuando se presentó hubo en el auditorio ese movimiento especial, eléctrico, que se llama «sensación», y después reventó un trueno de aplausos. Yo pensaba sisear; pero me pareció que una mano firme, gigantesca, me agarraba de los pelos y con blandura me suspendía, elevándome sobre el asiento de la butaca.

A los primeros gorgoritos de la Duchesini, modulados con agilidad y coquetería, ya mis ojos no acertaban a separarse de la «diva donna». Me olvidé instantáneamente —prefiero declararlo desde luego, aunque destruya el interés dramático de esta narración— no solo de mis prevenciones, sino de Celinita, cuyos ojos, medio adormecidos y como descuidados, preguntaban cada cinco minutos al respaldo de mi butaca la causa de mi súbita indiferencia..., ¡cuando con mirar a la escena y despojarse de la vanidad natural a las Evas y también a los Adanes pudiera comprender tan fácilmente!...

Iba y venía la diva por las tablas, zarandeando ese traje de Rosina que parece imponer la viveza de los movimientos, el donaire en el andar y toda la desenfadada y clásica gracia española. Su monillo de terciopelo verde me hacía compararla, allá en mis adentros, con una culebra de serpenteo airoso. El zapatito de raso negro realzaba un piececillo como un piñón de redondo y chico; de esos pies sucintos y arqueados, que hoy no están de moda, pero que son para los sentidos lo que el fósforo para la bujía. La cabeza de la diva... Ahora caigo en que, si mi descripción tuviese cierta formalidad jerárquica, por ahí debí principiar y no por el pie, y, sin embargo, espero que mis lectores me perdonen y aun me justifiquen, porque la pupila del doctor Bartolo no necesita tener la cabeza hermosa; su encanto se cifra en el piececillo español: menudo, embriagador como el jerez, que hiere el pavimento y pisa triunfante los corazones... Iba yo comprendiendo, con suma claridad, por qué El barbero de Sevilla me parecía distinto en Marineda que en Madrid: «otra cosa», una impresión totalmente diversa. Es que en el Real yo atendía a la música, a la orquesta, a las voces, mientras aquí la peligrosa proximidad solo me consentía escuchar el ritmo de dos pies, cubiertos con una telaraña de seda rosa pálido, y presos en cárcel de raso negro, salpicadito de azabache...

Exige el buen orden de mi narración que diga quiénes eran los sujetos que ocupaban las dos butacas contiguas a la mía. Arrellenábase a mi derecha, silencioso, atento e impasible, como si estuviese en su caja, el banquero Nicolás Darío, hombre de unos cincuenta años de edad, de mezquina estatura, cabeza nevada a trechos, sonrisa y ojos más jóvenes que el resto del cuerpo, y rostro que, por lo escaso de la barba, lo carnoso de los labios, lo abultado de los pómulos, recordaba la fisonomía que prestan a los faunos los escultores. Darío no era desagradable en figura ni en trato, antes muy atildado y cortés; procuraba siempre que no me estorbasen ni su abrigo, ni su sombrero, ni sus codos; jamás tarareaba anticipadamente los motivos de la ópera; no interrumpía ni estorbaba el placer de escuchar; prestaba con oportunidad unos magníficos gemelos acromatizados y oía con deferencia mis observaciones técnicas. Aunque juraba delirar por la música, yo no sorprendía nunca en él expresión de entusiasmo ni de arrobamiento. Estaba en la ópera como está en misa un incrédulo bien educado. Miraba de continuo hacia la escena y respondía a mis observaciones con la mitad de una sonrisa llena de indiferencia y urbanidad.

Vivo contraste con el banquero lo formaba, a mi izquierda, el joven teniente de Artillería Mario Quiñones. Este manojo de desatados nervios no paraba un minuto desde que subía el telón. Alto, enjuto, bien proporcionado, morenísimo, guapo en suma, Mario Quiñones perdía, en mi concepto, todas estas ventajas por su inquietud mareante y su vertiginosa exaltación. Agitábase en el asiento sin cesar; sus brazos parecían aspas de molino; su cabeza, la de un muñeco de resorte. Hasta sus cejas, ojos y labios participaban de tan extraordinaria movilidad. Cuando a fuerza de pellizcos lograba yo que nos dejase saborear las fioriture de una cavatina o detallar los compases de un dúo, Mario se crispaba, retemblaba, movía convulsivamente el sobrecejo o se comía las guías del bigote, llegándolas a los dientes con auxilio del pulgar. Por supuesto, era imposible impedir que en voz cavernosa y trémula nos adelantase las frases musicales que iban sucediéndose, por lo cual, una noche, no pude menos de decirle, impaciente de verdad:

—Pero hombre, esta maldita Duchesini no me deja oírle a usted.

A las dos funciones estaba yo muy harto de semejante vecindad. Quiñones me trastornaba, me volvía loco. Aquella emoción delicada y honda que me causaban los gorgoritos... no... los piececitos de la Duchesini, y que yo hubiese querido archivar y gozar pacíficamente, me la estropeaba el nervioso mancebo, que desde el aparecer de la diva se sentía atacado de una especie de epilepsia entusiasta. Tan hondos eran sus «¡bravos!», que me recordaban los arrullos de un encelado palomo, sonando así: «¡Broovoo!». Y no era solo con la voz, ni con las manos, despellejadas ya de aplaudir, con lo que Mario jaleaba a la Duchesini: era con el bastón, con los tacones, con el cuerpo en incesante vértigo, y hasta con el alma, que, por decirlo así, se le salía boca afuera para aplaudir, requebrar y tortolear a la cantante.

En provincias, las actrices se hacen cargo bien pronto de dónde están sus admiradores y partidarios; y la verdad es que con Quiñones no era difícil tal perspicacia. A la segunda ópera que cantó (y fue, si no me equivoco, Sonámbula), ya la Duchesini se fijaba en nuestra peña y nos sonreía dulce y picarescamente. También nos miraba con simpatía y aprecio el bajo Cavaglioni, especie de elefante de muchos pies de alzada...

Yo creo que de nuestra peña fue de donde salió el vuelo de la fama de la Duchesini, extendida por las cuatro provincias, por España y no sé si por la América española. ¡Cómo supimos improvisarle la gloria! ¡Cómo alborotamos, cómo batimos las claras para que alzase el merengue! Aquella mujer con su voz..., ¿con su voz?..., salvó a la compañía. Entre tanto, al tenor Ettore Franceschi le habían rescindido la contrata, y fue preciso dar una función caritativa para costearle el regreso a Madrid. Lo que no se hizo fue contratar otro para el sitio del expulsado, y el pobre becerro Martinetti cargó con las treinta óperas que había que despachar en el primer abono. «Yo canterò hasta que rivente», decía resignado, en su jerga semiitaliana y semiespañola. En cuanto a la signora Fioravalle, padecía una ronquera crónica, de resultas de no sé qué percance; y las demás partes de la compañía, la que no tenía una mácula tenía otra. ¡Solo la Duchesini era al par ruiseñor, hurí, hada, artista y, en particular..., sus pies, sus pies en El barbero!

Claro que esto de los pies (verdadero móvil de mi entusiasmo) me guardé de decirlo al público. Era mi secreto. Tenía esperanzas de que nadie más que yo hubiese reparado en aquella perfección divina... Y de fijo que no habrían reparado. Era indudable que los demás solo admiraban en la Duchesini la primorosa garganta, los ágiles revoloteos, que movieron a un cronista local a llamarla «la pequeña Patti...», nombre que yo hubiese reformado así: «La pequeña patita.»

Algunas veces me argüía mi conciencia de antiguo abonado al paraíso. ¡Era posible que hubiese dado al olvido tan presto las sabias doctrinas y lecciones prácticas de Magrujo, los minuciosos análisis del flaco Dóriga, las trascendentales teorías de La Cerda, todo lo aprendido, lo sentido, lo gozado en aquel purísimo santuario el arte! ¡Era posible que, en vez de estudiar a la Duchesini desde el punto de vista desinteresado y noble de su voz, de sus facultades, de su estilo, de sus méritos de artista, en fin, solo viese en ella y solo la juzgase por la parte más íntima de su individuo!

¡Cómo no había de callármelo!

Era una vergüenza, sí..., una vergüenza terrible, que me había prometido que no saliese a la superficie... Una llaga, una ignominia que debía cubrir cuidadosa y esmeradamente...

Y, además... ¡Además, también me había prometido, me había jurado, me había dado la mano para afirmarme a mí propio que nunca, jamás, amén, en ninguna circunstancia y por ningún pretexto, atravesaría el lóbrego pasillo que conduce a la mortífera región de entre bastidores!...

¡Ah! No; eso sí que no... De algo nos han de servir los años, la experiencia, toda una vida de cautela y moderación, consagrada a defenderse del huracán de las pasiones y del hálito letal del vicio... para algo te han de valer, amigo Estévez, tus esfuerzos, tus principios, tus precauciones, tu gimnasia moral. ¡Antes se hunda el techo y se desplome la lucerna! En cualquier parte una intriga de teatro comprometería tu formalidad de funcionario público y tu modesto bolsillo de empleado de Hacienda; pero ¿aquí, en Marineda, donde no es posible dar un paso sin que se enteren hasta los gatos de la calle, donde se toma nota de que hemos regateado un par de guantes en

«El Ramo de Jazmín», a las doce y media en punto? No; yo no traspasaré esos cuatro tablones del piso del Coliseo, que son, hoy por hoy, único dique puesto a mis desenfrenados apetitos y única valla que me separa del abismo profundo. ¡Porque yo conozco que si me aproximo a la sirena; si veo de cerca los piececitos eléctricos y dominadores..., seré hombre perdido, y no tendré fuerzas para no acercarme todavía más a ellos, cayendo de rodillas ante la Duchesini!

Hombres que no estimáis el mérito de la resistencia a la tentación insidiosa, yo os ruego que fijéis la consideración en este punto; a veces se requiere tanta fuerza de voluntad para no salvar cuatro tablones como para poner en fuego vivo ambas manos y no retirarlas. Reflexionad que, mientras desde mi «luneta» (todavía hay en Marineda quien las llama así), me sepultaba en la contemplación de las bases del lindo edificio, ya cautivas en el chapín de Rosina, ya encerradas en el botincillo de raso blanco de Amina (la Sonámbula), mis dos vecinos me decían a cada momento:

—Estévez, no sea usted raro... venga usted entre bastidores. La Duchesini tiene ganas de conocerle... ¡Dice que le parece usted tan inteligente en música...! ¡Que sigue usted con una atención tan discreta el canto...! Que le quiere dar a usted gracias por los buenos oficios que le hace... Que vaya usted a saludarla en su cuarto, aunque solo sea un minuto...

Y yo, con la vista nublada, los oídos zumbadores, la garganta seca, tenía que responder:

—Denle ustedes mil expresiones... Díganle que soy su más apasionado admirador, y que ya iré... cualquier día...

Y los veía filtrarse por el lóbrego pasillo, y quedaba envidiándolos..., no solo por aproximarse a «ella», sino porque tenían la fortuna de no ver en «ella» más que a la cantante, a la artista... Iban impulsados del móvil más noble; ¡iban rebosando desinterés! Yo era el que no podía acercarme a la deidad de mis sueños... ¡y no me acercaría, no!... Conocía muy bien toda la fuerza de mis resoluciones y sabía que, aunque tascase el freno, podría contenerme... hasta morir. Mi voluntad era omnipotente, mi voluntad triunfaba.

En lo que no me contuve ni me reprimí, ni había para qué, fue en la manifestación externa de mi entusiasmo fingidamente artístico. Por lo mismo que me imponía el doloroso sacrificio, la cruel privación, creíame autorizado para ofrecer... a los pies, realmente a los pies de la Duchesini, mi prestigio de inteligente, mis influencias sociales y hasta el superávit de mi limitado presupuesto. Yo fui el faraute, yo el coribante de la conspiración duchesinista, que ha dejado en las faustos musicales de Marineda eterna memoria. A mí puede decirse que se debe la serie de ovaciones que espero nunca podrá olvidar la seductora «diva». No; nunca, olvidará ella —aunque viva cien años— la noche de su beneficio en Marineda. Como que otra igual no la pesca, señores.

Desde un mes antes la veníamos preparando. Sueltos y artículos en la prensa local, conversaciones en los corrillos, frenéticas salvas de aplausos apenas aparecía en escena la Duchesini, envíos de ramos de flores, con que sabía yo que estaba embalsamado su cuarto —aquel Edén cuya entrada me había vedado a mi propio—, todo iba formando en torno de la «diva» esa atmósfera candente y electrizada que precede a las apoteosis. Y un día tras otro se susurraba que el beneficio sería un acontecimiento sin igual; que ni la Nilson, ni la Sembrich, ni la Patti, con quien comparábamos a nuestra heroína, podrían jactarse de haber recogido, en su larga carrera de triunfos, homenaje más brillante y fastuoso...

Estos augurios traían soliviantada a la misma Duchesini. A simple vista notábase en ella el soplo vivo y dulce del aura próspera. Estaba coquetona y alegre; se vestía mucho mejor; brillaban más sus ojos, mariposeaban como nunca sus funestos e incomparables pies... La dicha la transformaba; el empresario tuvo que subirle el sueldo para el abono supletorio; no se hablaba sino de ella, y hubo noche en que se la hizo salir a la escena «diecisiete» veces después del «rondó» de Lucía...

Y en medio de este frenesí, de este halago, de esta idolatría de todo un pueblo, llegó la noche memorable del beneficio. Los palcos se habían disputado como si fuesen asientos en el cielo, a la diestra de Nuestro Señor. En cada uno se reunían dos familias, de modo que parecían retablos de ánimas. Las señoras habían sacado del ropero lo mejorcito, y muchas se habían encargado trajes para el caso. Predominaban los escotes, y veíase, como en el Real en días solemnes, mucho hombro blanco, algunos brillantes, guantes largos, abanicos de nácar, que agitaban un ambiente de perfumes. También se habían extralimitado los señores: en el palco de la Pecera y en las butacas, los admiradores locos de la beneficiada obedecían a la consigna de presentarse de frac, cosa que reprobaban con expresivo movimiento de cabeza los formales, entre ellos Nicolás Darío, firme en su acostumbrada y correcta levita. Por hallarse tan atestado el teatro, en los huecos que quedan entre butacas y palcos se habían colocado sillas, y no se desperdiciaba ni una. En fin, estaba aquello que, como suele decirse, si cae un alfiler no encuentra donde caer. No hablemos de la cazuela, confuso hervidero de cabezas humanas; abajo se murmuraba misteriosamente que arriba se ocultaban «personas decentísimas, gente de lo mejor del pueblo».

Pero lo que sobre todo realzaba el aspecto del teatro era la magnífica decoración discurrida por nosotros. Las delanteras de los palcos habíamos ideado empavesarlas con banderas italianas y españolas, cruzadas en forma de pabellón o trofeo; encima destacábanse coronas de laurel natural y grupos de rosas blancas. Hubo, por cierto, dos o tres de esos eternos descontentos y gruñones que encuentran defectos a lo más loable, y agriamente censuraron que para obsequiar a una tiple se sacase a relucir la bandera española... Calculen ustedes lo que les contesté... Yo, ¡que hubiese tendido a los pies de la «diva» el mismísimo palio!...

La ópera elegida para el beneficio era la del estreno de la diva, o sea, El Barbero. Conveníamos los inteligentes en que el papel de Rossina constituía el triunfo de la Duchesini. Cuando se presentó la diva en escena, fue aquello un espasmo, un delirio, un desbordamiento. Los de los fracs nos levantamos, gritando: «¡Viva!», y haciendo mil extremos insensatos. Calmado al fin nuestro ímpetu, nos arrellanamos en la butaca, suspendiendo hasta la respiración para mejor escuchar y no perder...

Iba a decir ni una nota; pero esto de la «nota» aplíquenlo ustedes a los que me rodeaban, al resto del honrado público, no a mí, prevaricador del arte y desertor de la moral, que, en vez de atender a las melodías de Rossini, solo tenía ojos y oídos y sentidos corporales para el moverse de dos piececillos traviesos, afiligranados, cucos, que estrenaban aquella noche solemne una funda de seda lacre; lacre era también el gracioso monillo y la falda ceñida e indiscreta que lucía la Duchesini, velada con volantes de rica blonda española...

Hay en el segundo acto de El barbero una situación que suele elegir la tiple para lucirse y el público para manifestar toda su benevolencia. Es la de la «lección de música», donde la pupila del gruñón vejete ejercita el derecho de cantar lo que más le agrade o acomode, la pieza con que mejor luzca sus facultades. La Duchesini tenía señalada de antemano para tal circunstancia, una de esas arias de gorgoritos sin fin, que remedan cantos de pájaros trinadores. No bien comenzó a dejar salir de su boca sartitas de perlas, estalló la ovación preparada.

Principiaron a caer de la lucerna, de las galerías, de los proscenios altos, de las bambalinas, de los palcos terceros, papelicos rosas, verdes, azules, amarillos, blancos, grises, que como lluvia de pétalos de flores, inundaron el aire, tapizaron el escenario, alegraron los respaldos de las butacas y se quedaron colgados en los mecheros de gas. Las señoras alargaban la enguantada mano y atrapaban al vuelo los tales papeles; los chicos se entregaban a una verdadera caza para «reunir» toda la colección, que se componía nada menos que de diez hojas volantes, o sea de otras tantas poesías, obra de ingenios de la localidad, entre los cuales se llevaba la palma el acreditado Ciriaco de la Luna, vate oficial en inauguraciones, festejos, entierros, beneficios y días señalados, como, por ejemplo, el Jueves Santo o el de Difuntos.

De los papelitos resultaba que, al aparecer en el mundo la Duchesini, ruiseñores, cisnes moribundos, malvises y bulbules habían pegado un reventón de envidia; que la llama del genio cercaba su frente (la de la Duchesini); que era «divina»; que había nacido del apasionado contacto de un trovador y una hurí, y que al partir ella, Marineda, por algún tiempo transportada a la mansión de los ángeles, iba a caer en las tinieblas más profundas, en el limbo del dolor. ¿Quién nos consolaría, cielos? ¿Quién nos devolvería, aquellas horas edénicas, mágicas, de inefable felicidad? Ella era una estrella, un cisne, que ya volaba a otro lago; ella iba a donde la aclamarían multitudes delirantes y donde reyes y príncipes arrojarían a sus pies cetro y corona...; pero nosotros..., ¡ay!, nosotros, ¡cuál nos quedábamos! Probablemente nos moriríamos de nostalgia... Sí; Ciriaco de la Luna vaticinaba su propio fallecimiento...

A la lluvia de papelitos y de ripios, siguió otra de pétalos de rosa y de rosas enteras, que alfombraron el escenario; luego, gruesos ramos fueron a rebotar contra las tablas, a los pies de la «diva». Con este motivo se rompieron dos o tres candilejas de reverbero, y la concha del apuntador fue literalmente bombardeada. El director de orquesta, vuelto hacia el público, sonreía, empuñando la batuta; los músicos, interrumpida su tarea, sonreían y aclamaban también... Y entonces principiaron a entrar los ramos «formales» y las coronas.

Comparsas, acomodadores, mozos de los casinos y Sociedades y hasta algún criado de casa particular —el de Nicolás Darío, verbigracia—, desfilaron, dejando a los pies de la Duchesini, ya unos ramilletes colosales, como ruedas de molino, con luengas cintas de seda y rótulos en letras de oro, ya coronas de follaje artificial. Iba formándose un ingente montón; la «diva» quiso conservar en sus manos el primer ramo, después de llevarlo a la boca, pero se lo impidió el peso, y pálida, sonriendo, cortada de emoción, tuvo que ir soltando bouquets por todas partes, sobre las mesas, sobre las sillas, sobre el clavicordio, ante el cual el tenor, vestido con el eclesiástico disfraz de Don Alonso, presenciaba la ovación sin saber qué cara poner...

Mas esto de las flores era solo el prólogo. Faltaba lo mejor, lo gordo, lo inaudito en Marineda. Empezaron a entrar estuches en bandejas de plata; venían abiertos, uno contenía una corona de hojas de laurel de oro; otro, un brazalete; otro —el último, el más importante sin duda—, una cajita minúscula de terciopelo, donde brillaban dos hermosos solitarios...

Al mismo tiempo se repartía y vendía por los pasillos del teatro un periodiquín tirado en una imprenta microscópica y enriquecido con una larga e insulsa biografía de la Duchesini, versos a la Duchesini, agudezas y anécdotas, en, con, por, sobre la Duchesini, pronósticos de que la Duchesini eclipsaría a las más refulgentes estrellas del arte musical..., y un fotograbado que representaba a la Duchesini...; pero, ¡ay!, a la Duchesini... de cintura arriba. ¡No había tenido en cuenta el artista que aquellos pies sublimes eran los que merecían los honores del fotograbado!

....

En semejante noche me quedé afónico de gritar, ronco de bravear, desollado de aplaudir; así es que bien puedo afirmar que tenía fiebre cuando, a la siguiente mañana, despedimos a la Duchesini, que se embarcaba prosaicamente para Gijón. Sí, la vi de cerca... Como ya no había peligro, me atreví a estrecharle... ¡ay de mí!, la mano, solo la mano, a bordo del esquife que la conducía al vapor. Ella iba muy llorosa, envuelta en velos y abrigos, quebrantada, al parecer, por la pena, la gratitud, el placer, la impresión honda que de Marineda se llevaba. Yo, sin respirar, tembloroso, silencioso, la ayudé a subir por la escalerilla del vapor..., y como estas escalerillas son tan indiscretas, aún pude divisar el pie enemigo de mi calma, metido en elegante botita de viaje; el pie, que resonaba sobre la madera de la cubierta, y al romper el buque las olas con hirviente estela, se alejaba y se perdía para siempre.

No hice caso nunca de Celinita. Estuve malo, tristón; fui a las aguas para curar mi estómago y mi espíritu.

Dos años después volvió a verse en Marineda compañía de ópera: barata, mediana, bastante igual. Darío y Quiñones eran nuevamente mis vecinos de butaca; y, ¡claro!, a las primeras de cambio, recayó la conversación en la para mi inolvidable Duchesini.

—¿Sabe usted —dijo con su calma algo irónica y siempre cortés el banquero— que se me figura que hemos levantado de cascos a aquella infeliz, y la hemos hecho desgraciada para toda su vida?... Porque ya sabrá usted que en Madrid le atizaron una silba horrible... y en Barcelona por poco le arrojan las butacas.

—Es que la Duchesini no valía gran cosa, si hemos de ser francos y justos —respondió febrilmente Quiñones, que atendía extático a las notas de la contralto—. La que es una notabilidad es esta Napoliani.

—Lo que tenía la Duchesini —murmuré yo, como quien desahoga el corazón de un pesado secreto— eran unos pies... ¡inimitables, sin igual! Yo no he visto pies así... nunca, más que en ella.

—¡Ah! —confirmó Quiñones, arrastrado por un vértigo de sinceridad—. ¡Pues si los admirase usted en babuchas turcas..., las que traía por casa!

Darío hizo una mueca que parecía contracción galvánica; pero dominóse al punto, sonrió y, clavando los ojos en Quiñones, articuló lentamente:

—Hay que confesar que la... la... continuación de los pies no desmerecía del principio. ¿Verdad, amigo Quiñones? Pero nuestro Estévez nunca quiso ir al cuarto de la...

Me sentí palidecer de vergüenza y de celos retrospectivos; noté en el corazón angustia y en el estómago mareo..., pero me rehice me encuaderné y, serio y enérgico, respondí:

—¡Bah! ¿Qué importa, después de todo, que una cantante tenga los pies feos o bonitos? Aquí se viene... por el arte.

«*Nuevo Teatro Crítico*», núms. 7, 8, 9 y 10, 1891.

Morrión y Boina

¡La casa número 16 de la calle de la Angustia, en Marineda, trae a mi memoria tantos recuerdos! Y no de esos que producen melancolía, sino de los que infunden cierta nostalgia regocijada y benévola; algo como el ritornello de una sana explosión de risa al acordarse de un castizo sainete.

Hace ya ocho años que los inquilinos de los pisos principal y segundo de aquella vieja casa se fueron a habitar en otra más espaciosa, aunque de aposentos angostos, helados y oscuros; más alta de techo, como que se lo da la bóveda celeste; más poblada, aunque siempre muda... Ocho años, sí..., ¡y en ocho años, cuántos sucesos y qué rodar del mundo!, hace que duermen en el camposanto de Marineda, al arrullo del ronco Cantábrico, las dos irreconciliables estantiguas, los dos vejestorios enemigos, a quienes, por no andar zarandeando los apellidos de su esclarecida prosapia, llamaré sonora y significativamente don Juan de la Boina y don Pedro del Morrión.

Al primero le conocí y traté mucho más que al segundo. Lo que se ofrece a mi fantasía cuando evoco la forma corpórea en que se encerraba el bien templado espíritu de don Juan, es... su nariz. ¿Quién podría olvidarla? Comprendo que se borren otros detalles fisonómicos e indumentarios de varón tan insigne, por ejemplo: los ojillos pequeños como cabezas de alfiler de a ochavo, emboscados tras la broza desigual de las cejas; los labios belfos, haciendo pabellón a la monástica papada; el cráneo puntiagudo, con erizada aureola de canas amarillas; las orejas de ala de murciélago, despegadas, vigilantes, sirviendo de pantalla a las mejillas coloradotas; las manos hoyosas y carnudas, de abadesa vieja... Hasta cabe no recordar aquel vestir tan curioso, proyección visible de un criterio anticuado: el levitón alto de cuello y estrecho de bocamanga, ceñido al talle y derramado por los muslos de amplísimos faldones; el chaleco ombliguero; el reloj con dijes; el pantalón sujeto al botín blanco por la trabilla de los lechuguinos de 1825, pero generalmente abrochado de un modo asaz incorrecto; el corbatín de raso; la almilla de franela, color de azafrán; la chistera cónica; el pañuelo de hierbas a cuadros; la caja de rapé; el famoso raglán, prenda que solo en hombros del señor Boina pudo admirar la Marineda contemporánea, y tantas y tantas particularidades como merecían especial mención en el decano de los tradicionalistas marinedinos. Pero eran flor de cantueso al lado de su severa, majestuosa, aquilífera y arquitectónica nariz.

En mis tiempos de chiquilla, al venir a casa el chocolatero (entonces se molía el chocolate a brazo y nos tomábamos, desleídas en la jícara del caracas, gotas de humano sudor), concluida la elaboración de la molienda, y en espera yo de los obsequios de última hora que en casos tales no se regatean a los niños, recuerdo que el buen artesano se pasaba el dorso de la mano por la húmeda frente, suspiraba como quien exhala el postrer aliento, y me decía: «Espera, espera..., que te voy a hacer dos conchitas y un don Juan Boina de chocolate». Inmediatamente se ponía a modelar el monigote, de perfil, con una prolongación en mitad de la cara, mayor que la cara toda. Y era un don Juan Boina que estaba hablando.

Algo conviene indicar sobre la historia política del insigne personaje, a fin de que se comprenda la trascendencia del seudónimo que elegí para él. Y no piensen los maliciosos —gente, por desgracia, la que más abunda— que si en esta historia no se contienen hechos memorables en el terreno cívico ni en el militar, es en mengua del esforzado corazón y gallardo ánimo de don Juan Boina. No, y mil veces no. Antes penetraría el aire ambiente en los apretados poros de un fino diamante, que el pavor en el alma de don Juan. Si la suerte le destinó a mero espectador de grandes sucesos, no es culpa suya ni de su tesón indomable, por el cual alguien dijo que el señor Boina tenía el meollo como la caja de una carretera: relleno de guijarros.

Insisto en que don Juan no hizo cosas extraordinarias, porque no estaba de Dios que las hiciese; y atrévase nadie a desmentir esta verdad. Si dispusiese la Providencia que don Juan fuese un Napoleón I, llegaría a serlo..., probablemente. ¡Pues apenas sentía él en su alma nobles ímpetus y ansia de señalar con un rastro de gloria su paso por el mundo!

Don Juan había nacido en los primeros años del XIX, por lo cual afirmaba él que «iba con el siglo», aun cuando su modo de pensar y sentir desmentía palmariamente esta aseveración. Sus tempranos bríos juveniles los gastó, durante la primera guerra civil, en limpiar furtivamente trabucos naranjeros y pistoletes de chispa; dedicar en el Rosario muchas oraciones al triunfo de la buena causa, y eludir las asechanzas de los liberales compostelanos, resueltos a medir las costillas de los carlinos, como los carlinos se las habían santiguado a ellos en los años de reacción absolutista. ¡Ah! Es que entonces la gente no se andaba en chanzas, no; por los caminos reales encontraba el viajero los cuartos de algún cuerpo humano, y oía sin asombro que aquel brazo o aquella pierna era del faccioso Fulano de Tal, si es que no entraban en Compostela los cruentos despojos atravesados en una mula y goteando sangre... Cualquiera entiende que la prudencia de don Juan tuvo muchas ocasiones de ejercitarse en época tan azarosa, y el haber salido ileso de ella prueba suficientemente sus condiciones de sagacidad y su diplomacia admirable. Como Sièyes, bajo el Terror, don Juan pudo responder al que le preguntase por sus actos en tan crítico momento: «He vivido».

Restablecida la paz y afianzada la «inocente Isabel» en el Trono, don Juan descansó de sus fatigas refugiándose en el seno de la ventura doméstica; o, para hablar en romance llano, se casó. Tomó por esposa a una señorita de Lugo, fina, espiritada, romántica y sensible, que hacía unos versos flébiles y gemidores como el aura. Por orden de su marido ocultó los tales versos cual la violeta su perfume; dedicóse a la práctica de las virtudes conyugales, fundamento de la sociedad cristiana, y vivió dedicada a abrochar a don Juan las trabillas, hacerle el nudo del corbatín, plancharle las percheras, pegarle botones en las camisas, marcarle pañuelos..., hasta que entregó a Dios el alma, que fue pronto, y de una murria o consunción inexplicable, dada su felicidad. Entonces pagó don Juan tributo a las letras imprimiendo las poesías de su difunta, con este título y subtítulo: Suspiros del corazón. Obras poéticas de la señora doña Celia Monteiro de la Boina. Dalas a luz su desconsolado esposo, en memoria de sus virtudes.

Antes de la enfermedad de la señora de Boina, ciertas malas lenguas, merecedoras de que las hiciesen picadillo, murmuraron algo que tuvo graves consecuencias, para el porvenir de su marido, siendo el primer chispazo de un odio inextinguible. Lo que se susurró fue si la esposa de don Juan se asomaba o no se asomaba a la galería para ver pasar la milicia capitaneada por el apuesto don Pedro del Morrión, el más fogoso nacional de Marineda. Este tal era un abogadillo tronera y bullanguero, cabeza caliente y corazón expansivo, alma de todos los motines y pronunciamientos de aquella época, en que los había diarios. En cuanto a que la señora de Boina se dejase o no se dejase impresionar por las relucientes charreteras y la magnífica pompona del señor Morrión, es punto que no ha dilucidado la historia, tan solícita en aquilatar otros menos importantes. Lo indudable es que las hablillas referentes al caso llegaron a oídos del esposo y encendieron en su ánimo un furor que cincuenta años después ardía igual que en los primeros instantes. Comparado con aquél, ¿qué valen los frenesíes de Otelo ni las iras del Tetrarca? Apenas don Juan se enteró del rumorcillo —sin duda por algún chismoso—, es fama que hizo el soliloquio siguiente:

«España está perdida. No se respeta el honor ni el hogar. Si en vez de mandar Espartero tuviésemos rey y religión como es debido, don Pedro del Morrión sería ahorcado por sedicioso; pero en los tiempos que corren, ese libertino cobra el barato en Marineda. ¡Si algún día cae bajo mi poder...!»

A su vez, el miliciano, viendo acaso que la señora de Boina no se asomaba ya, y encontrándose por las noches al marido, muy embozado, que rondaba su propia casa, velando por su dignidad, como él decía, se echaba esta cuenta:

—Servilón de Satanás, cuando vuelva la de apalear a los de tu casta, del primer garrotazo... te despachurro esas narices de mascarón de proa, y quedas bonito.

Si aquel drama interior se exteriorizase, solo Dios puede saber qué habría pasado; no cabe duda: con la voluntad, el señor Boina se comía diariamente los hígados del señor Morrión, y el señor Morrión solfeaba a estacazos al señor Boina. Pero con la voluntad, entiéndase bien: con la voluntad tan solo. En el terreno de los hechos no sucedía más sino que cada vez que se encontraban los dos héroes, fruncían el ceño, chispeaban sus ojos, se les hinchaban las narices, tosían, mirábanse de soslayo, y... maldito si pasaba otra cosa.

Corrieron años, y allá en el 44 gozó don Juan la dulce emoción de esperar que acaso el tremendo Puig Samper, Capitán General de Galicia, le mandase atizar a don Pedro unos tiritos por haberse entremetido en el alzamiento de Iriarte. No se le cumplió el gusto, y, dominado el motín, don Pedro siguió paseándose por Marineda, tan orondo, alborotando con la reorganización de la milicia. Tampoco se le logró el deseo a don Juan dos años después, fecha de la famosa hecatombe de Carral. Según Boina, no era Solís el organizador de la revolución sino don Pedro, bajo cuerda, por supuesto; y cuando llevaron atado codo con codo al jefe del Estado Mayor de Samper para arcabucearle, don Juan bramaba y repetía:

—¡Mientras no lleven así al botarate de Morrión!...

La efervescencia montemolinista dio luego mucho en que entender al señor Boina, y casi le distrajo de su odio. ¡Con qué afán siguió las operaciones de Cabrera en Cataluña! Él se sentía capaz de hacer otro tanto en Galicia... si le facilitasen mimbres y tiempo. No sería el caudillo militar, pero sí el genio organizador, la cabeza. En ésta rehizo todo el plan de campaña, y a seguirse el suyo, no hubiese terminado como terminó aquella empresa malograda y heroica.

Por su parte, el señor Morrión andaba también muy entretenido en aquellos días de pronunciamientos, conspiraciones, golpes de Estado y milicia nacional siempre en danza. Cuando tocaron a disolver la fuerza popular, en el memorable año 56, sobrábanle ya a don Pedro motivos para tener juicio, porque sus sienes lucían canas y arrugas su rostro; no obstante, perdió la chaveta, y se adhirió a la resistencia barricadera del pueblo marinedino, cuyos nacionales no quisieron rendirse hasta que lo hiciesen los de Madrid. La mañana luctuosa en que fue preciso entregar las armas, como acertase a pasar don Juan Boina, que volvía de misa, y fuese visto por un grupo de milicianos, hubo dos o tres silbidos, se cantó el trágala, y el corneta de la compañía se destacó a pintarle con tiza un borrico en la espalda del raglán que ya gastaba entonces. ¡Qué inefable placer le produjo el desarme de aquellos pilletes, y contemplar a Morrión cariacontecido, con las orejas gachas, privado para siempre del gusto de ostentar su brillante uniforme y jugar al coronel! Y emitiendo un juicio histórico más profundo de lo que él mismo creía, se dijo don Juan, respirando fuerte:

—La milicia ha muerto. Nunca más resucitará. Se reirán de esta farsa las generaciones venideras. La causa, la santa causa, en cambio, vive y ha de vivir mientras haya españoles. Yo, yo soy inmortal. Ya verán cómo renazco de mis cenizas cuando menos se lo figuren. Y así que tal suceda..., ¡ay del infame seductor, masón y perdido!

Renació, en efecto, el fénix, con misterioso aleteo, allá por el año de 60, cuando se fraguó el complot extraño y romancesco de la Rápita. No había entonces ferrocarril ni señales de él para Galicia, y, sin embargo, a Marineda, llegaron unos vientecillos de noticias, exhalados quizá de la famosa casa de la calle de Amaniel, y a boca de noche los vecinos curiosos pudieron ver entrar en el portal de don Juan Boina a dos o tres pajarracos, quiénes rebozados en negros manteos, quiénes envueltos en cumplidas pañosas. La sinceridad de fiel cronista me obliga a declarar que en aquellos clandestinos conciliábulos no acontecía más que lo siguiente: leer de cabo a rabo La Esperanza, periódico de simbólico título; toser y estornudar, roncar a veces al amor del brasero y despertar entre sueñecillo y sueñecillo para decirse muy bajo —tan bajo como si detrás de cada puerta estuviese apostado un espía que se preparaba ¡algo!, ¡algo! Ellos no sabían qué...; pero, vamos, algo se preparaba. ¡Algo!

Al estallar lo que se preparaba, quedáronse con la boca abierta. Todo lo aguardaban, menos eso. Para decir cumplida verdad, sus informes no les autorizaban a protemeterse ni eso ni otra cosa, porque, seamos francos, ni sombra de informes auténticos tenían que comentar en sus nocturnas reuniones; pero, sea como quiera, siempre la imaginación pinta, y a ellos les pintaba entradas por Portugal, intervenciones de Inglaterra con motivo de lo de Marruecos, órdenes del Papa; todo, menos la tartana y el sacrificio del novelesco y simpático *Jaime* Ortega. Ortega..., ¿quién era Ortega? ¡Humillación indescriptible! Ninguno lo sabía. En fin, ahora, después de la catástrofe, lo que importaba era ponerse a salvo. Había transpirado en Marineda el misterio de aquellos conclaves subversivos; el diablo, que todo lo añasca llevó a oídos de las autoridades alarmantes rumores..., y don Juan y compañía se dedicaron a buscar agujeros y refugios para no sufrir la suerte del mísero capitán general de las Baleares. ¡Ahí sería nada si los metiesen en un bote con trampa en el fondo, y bajo pretexto de conducirlos al castillo de San Andrés, los dejasen hundirse bonitamente en mitad de la bahía! ¡Pues no digo si los trincasen, y en la revuelta de un camino, alegando que habían intentado desatarse, les escalfasen los sesos de una descarga! Lo que más color daba a estos recelos, lo que los elevó a pánico, fueron unos anónimos sombríos y preñados de amenazas, cerrados con migas de pan y escritos por mano indocta, que rezaban así: «Muerciélagos: encomendad vuestras almas a Dios; llegó vuestra última hora. Ya se descubrieron vuestras negras tramas. Se os arrancará la careta. Mochuelos que huís de la luz, ahora sí que os quemamos la madriguera. Pereceréis entre las llamas, ya que nos queríais asar a nosotros en las de la ominosa Inquisición». Al poner en el buzón para el correo interior estos y otros disparates, don Pedro del Morrión y dos amigotes suyos, asiduos concurrentes a la logia de Marineda, se perecían de risa.

—De esta hecha mueren de canguelitis. El doctoral ya está enfermo de..., pues de flojedad en el ánimo. A don Juan Boina se le ha estirado un palmo la nariz.

Pasaron, por fin, aquellos tragos y aquellos sustos; vino el gran acontecimiento revolucionario, y con él una serie de trascendentales sucesos, que vengaron cumplidamente a don Juan de las picardías de su antiguo rival. Mientras el señor de Morrión, hecho ya un pasa, arrollado por la gente nueva que trajo consigo la marea de la septembrina, se quedaba arrinconadito en el instante mismo de triunfar sus ideas de toda la vida, y, en unión de su partido, empezaba a momificarse, el señor de Boina, precisamente cuando se desencadenaba la anarquía, iba subiendo a las colosales proporciones de jefe de partido en Marineda. Sin saberse cómo ni por qué, el señor de Boina era ya un personaje político a tiempo que se eligieron las Constituyentes de la revolución. Tanto, que una mañana se le vio enderezar el espinazo asaz encorvado; despedir lumbres por los microscópicos ojitos; ajustarse marcialmente el raglán; echar calle arriba, camino de la iglesia donde oía misa todos los días del año; y, una vez allí, hincarse de rodillas ante el altar de los Dolores, abrir los brazos y, con un impulso de verdadera fe —tal vez el único momento estético y sublime de su larga existencia—, rezar en alta voz una Salve. Era diputado electo por el distrito de la Formoseda.

Es seguro que con el mismo entusiasmo que puso en sus labios la oración, don Juan hubiese pronunciado en las Cortes largos y magníficos discursos, a no tropezar con cierta premiosidad en la elocución y cierta carencia de... de ideas no precisamente, sino de las fórmulas en que se envuelven esas ideas para salir a luz revestidas con las galas de la oratoria. No obstante, fue muy digna de encomio en aquella campaña parlamentaria la docilidad del señor Boina al votar con la minoría tradicionalista, y la modestia con que se hizo a un lado dejando los primeros puestos a los Aparisis, Monescillos y otras personalidades eminentes, con las cuales ni siquiera intentó entrar en pugna.

Lo que le desacreditó un poquillo, inutilizándole para las legislaturas venideras, fue el fiasco de la delicada comisión que le encomendó el partido tradicionalista gallego, delegándole por la provincia de Lugo para asistir a la importante Junta de Vevey. La idea de viajar por el extranjero puso a don Juan fuera de quicio; es indecible el desdén con que miraba a su enemigo Morrión cuando en aquellos días le encontraba casualmente en las calles de Marineda. «Ahora verás, quídam pelagatos, la diferencia que va de un furriel de nacionales a una notabilidad política». Preciso es confesar que el señor de Morrión andaba cariacontecido y mohíno. «Lo admito todo —decía a sus amigos y compinches de logia— Que vuelvan a cantar la Pitita; que manden los curas; que se restablezcan los autos de fe; que tengamos que tragar otra vez los diezmos... Pero, ¡caramillo!, no comprendo esto de que se consigan tales cosas haciendo personaje político a una calabaza..., que más gorda no la ha producido nunca ninguna huerta». ¡Cuál sería el regocijo de los malévolos detractores del señor don Juan al saber que éste, en vez de dirigirse a Ginebra para acudir a Vevey, había ido a dar con sus huesos a Génova, y desconociendo el idioma, confundido, mareado, indispuesto, no había conseguido llegar a la Asamblea magna sino con toda la oportunidad del mundo, después de la última sesión!

Todos los periódicos de Marineda, El Adalid, El Nautiliano, El Grito Marinedino, publicaron en esta ocasión chispeantes sueltos y cómicas reseñas del viaje de don Juan. Los tradicionalistas, que le habían elegido por mandatario, quedaron tan satisfechos como puede suponerse y el astro político del señor Boina empezó a apagar sus resplandores, quedándole solo unas tenues lumbres que todavía conservaba cuando yo le conocí y traté.

En suma, ¿qué importaba a don Juan la decadencia? Es ésta compañera inseparable de toda humana gloria: no hay grandeza que no decline, no hay imperio que no fenezca y se acabe. Hundióse el poderío romano; cayeron en ruinas Babilonia y Nínive; Jerusalén, Cartago, Itálica, sufrieron la misma suerte. En esto pensaría don Juan para consolarse si a tanto llegase su erudición y si no le bastase el recuerdo... que a los sesenta y tantos años reemplaza a la realidad de un modo satisfactorio. ¿Quién le podía quitar haber sido diputado en las Constituyentes? ¿Quién haber ido a Vevey..., aunque fuese por el camino de Génova? ¿Quién la sonrisa cariñosa y las atentas palabras de doña Margarita de Borbón? Que rabiase el viejo ex miliciano, pues no registraba en su historia efemérides tales.

Recién salida del horno la Restauración conocí personalmente al señor don Juan, y aún tuve el placer de que se sentase varias veces a mi mesa. La primera fue, por más señas, un día de días; creo que un San José, patrono de casi todos los españoles. Colocado a mi derecha, luciendo en la almidonada pechera un descomunal y arcaico broche de diamantes y rubíes entrefalsos; con la servilleta puesta a guisa de babero, el patriarca me inspiraba una especie de respetuosa conmiseración mezclada con unos impulsos de reír, a que me guardé bien de dar salida porque para algo se hicieron la cortesía y la buena crianza. Él se había propuesto ser galante conmigo, y desde la sopa empezó a ofrecerme con los dedos, yemas y almendras de las que contenía un plato montado puesto frente a nosotros. Una yema me la dio con el cocido; otra, con el frito; otra, con las perdices. Y había aquello de:

—Ésta por mí. Ésta por el señor de los días. Si me desaira usted me ofendo. Usted no querrá desairarme.

No; no quería desairarle, y me tragué las yemas. Mi buen natural impidió que meditase proyectos de venganza; pero la casualidad y la suerte me sirvieron mejor que solicitaba yo misma, poniéndome en ocasión de dar el disgusto magno al señor Boina. He aquí cómo:

Carteábame por entonces con un ilustre paisano mío, un marinedino que ha dejado memoria, escuela, partido y hasta dinastía en España; hombre de agudísima inteligencia, que gracias a ella obtuvo la jefatura del tradicionalismo español y consiguió, andando el tiempo, desde el fondo de la tumba, sobreponer el prestigio de su nombre al del mismo principio monárquico, en la conciencia de la gente más monárquica del mundo: señalado ejemplo del poder de la dialéctica y de las doctrinas cerradas y radicales. Este varón notable a quien llamaré don Máximo Robledal, me escribía, como digo, si no muy a menudo, por lo menos las veces suficientes para causarle al bueno de don Juan Boina berrinches, jaquecas, melancolías y desazones de toda especie, porque tenía determinado, en su fuero interno, que la única persona a quien don Máximo Robledal podía escribir en Marineda era a él. ¡Él, el delegado de Vevey, ¡el diputado a Cortes! Cada vez que recibía el correo, latíale el corazón como a niña con novio ausente, y acostumbraba quedarse con las cartas en la mano, calados los espejuelos, los párpados con traídos, saliente el labio inferior y destacado el sobrecejo coronando su poderosa nariz, la cual rascaba suavemente con la uña del pulgar izquierdo, murmurando:

«Pero ¿de quién será esta carta? A ver, ¿de quién? Del señor penitenciario de Lugo no pude ser: no es su letra, que bien la conozco. Pues del marqués de la Figueira menos: como que se encuentra imposibilitado y no escribe a nadie. De mi primo Jacinto María..., ¡si tuve otra ayer!..., y las "bes" mayús- culas de Jacinto son de distinta hechura que éstas. Tampoco me parece del cura Bouzas. ¡Quia! Si trae sello de Madrid. ¿Será?... ¡Santo Dios! Acaso sea... Probablemente... Como estos días ocurren cosas importantísimas en nuestra comunión... Se prepara "algo"... El chiquillo se va, se va, ahora es la cierta... La cosa andaba muy mal allá por Francia... ¡Ah, de fijo que la carta es de don Maaáximo!»

Si presenciaban estas fluctuaciones los habituales tertulianos del señor Boina, solían, pasados unos diez minutos, decirle, con gran sensatez:

—Pero, señor don Juan, abra usted la carta, que es el modo de saber quién le escribe.

Seguía el consejo, y... ¡oh desengaño! No era de don Máximo la epístola. Cuando se agregaba que, por los mismos días tuviese yo alguna que ense- ñarle, don Juan no dormía, ni sosegaba, ni me dirigía la palabra sino desde el fondo de su cólera, con una especie de reticencia dolorosa y continua.

Represéntese el pío lector cuál se quedaría don Juan al enterarse de una carta más solemne que todas, donde Robledal me participaba cómo el Señor (que Dios guarde) le había nombrado su representante en España, y me encargaba de ponerlo en conocimiento de los leales de Marineda. Una granada que estallase a sus pies; la vista de un dragón fierísimo; el techo que se cayese y le cogiese debajo, no dejaría al señor Boina más apabullado y patitieso que la tal misiva. Para él era una real orden, igual que si las pa- labras de don Máximo saliesen en la Gaceta y trajesen esta coletilla: «Está rubricado de la real mano».

Inmediatamente me pesó de habérsela leído. Disipada la primera estupe- facción, vi sus mejillas que pasaban del rojo oscuro al color violáceo; vi encenderse su venerable nariz y temblar su colgante belfo y sus pobres manos ancianas; hasta creo que oí entrechocarse los dijes de su gran saboneta, como los dientes del medroso ante el peligro. No obstante pudo más que la piedad el buen humor de los pocos años que entonces contaba yo, y le pregunté con involuntaria malicia:

—¿Qué le parece, señor de Boina, la galantería de nuestro ilustre Robledal? Me da la noticia antes que a nadie. ¿Ve usted qué deferencias hacia el bello sexo?

Don Juan me miró de alto a bajo; rechinó los dientes; enarcó las cejas, y solo pudo exclamar con ronca y trémula voz:

—¡Está bien..., está bien!

Tuve la fortuna de que, al salir de estampía el patriarca, le acompañase uno de sus tertulianos, el cual me refirió después la sabrosa escena ocurrida a las puertas de mi casa. Paróse allí sin aliento el señor de Boina; elevó la frente y miró hacia mis balcones; bajó después la cabeza y siguió corriendo cuanto se lo permitía el peso de los años hasta la esquina de la calle. Allí volvió a detenerse y, dando salida a lo que le hubiese ahogado si lo reprime un minuto más, alzando el sombrero, llevando la diestra a sus amarillentas canas, exclamó, tartamudeando:

—¡Señor..., Señor..., Señor! ¡La comisaría regia..., la comisaría regia de Marineda..., y, por consiguiente, de Cantabria..., en una hembra!... ¡Robledal!... ¡Robledal! ¡Señor, Señor, detenle al borde del abismo..., guíale, alúmbrale... La comisaría..., el gobierno de esta región de España..., en manos femeniles! ¡Señor..., salva a España..., salva el mundo!

—La verdad es —dijo el acompañante del señor de Boina con la más sana intención de acabar de desatinarle— que esta comisaría regia era pintiparada para usted.

—No; yo, no; yo, no —exclamó el honrado viejo con explosión de indignada modestia—. Yo no soy más que un veterano de cien campañas, inválido ya; yo para nada sirvo sino para pedir a Dios una buena muerte; yo..., soldado de fila, el último; pero... ¿cómo quiere usted que vea con indiferencia al señor de Robledal..., a don Máximo..., tocado de locura, invadido del espíritu diabólico, entregando la comisaría regia a una hembra? ¿Conque llevamos todo lo que va de siglo luchando, sufriendo persecuciones, derramando nuestra sangre, cubriéndonos de gloria, sí, de gloria, para evitar que ocupen el trono las hembras, y hemos de tolerar ahora que una nos rija y mande en estas provincias? ¡Ah don Máximo! Las atribuciones que a usted ha conferido el rey son muy grandes, muy respetables, sin duda alguna; yo me inclino ante el rey; pero llegando un caso de estos, un acto así de tiranía..., no me doblo: nos veremos, señor don Máximo. Ya sabe usted la fórmula: se obedece, pero no se cumple. Los cristianos acatamos al rey, pero no nos humillamos al César. Resistiré como los mártires a los procónsules. Protesto, protesto y protesto. ¡Comisario regio una hembra!

Había que saber el sentido que tenían en los labios y en la mente de don Juan estas últimas palabras; había que conocer su dictamen respecto a la «misión», según decía él, de la mujer en sociedad, para darse cuenta exacta de la ironía y la amargura con que las articulaba. Protestó en efecto, y la primera forma de su protesta fue no volver a poner los pies en mi casa, lo cual sentí mucho. Por más que procuré evitar el rompimiento con el pobre señor enviándole varios recados de que no había tal comisaría regia ni cosa que lo valga, no conseguí disuadirle y siguió aferrado a su inocente chifladura, encerrado en su casa, donde concurría diariamente a darle tertulia el elemento joven tradicionalista de Marineda. Esta tertulia era su consuelo, su solaz y su compensación. Con esta tertulia me hacían la oposición a mí.

En efecto, ¿qué bálsamo para sus heridas morales como saber a ciencia cierta que el día de San Carlos Borromeo; el de Santa Margarita, reina de Escocia; el del Apóstol Santiago, patrón de las Españas, y el de Nuestra Señora de las Nieves, en su casa se juntaban para salir a oír la misa; en su casa era donde se celebraba la ceremonia oficial del besamanos, y en su casa se redactaba y firmaba el mensaje de felicitación? ¿Qué comisario regio era yo, cuando nadie se acordaba de mí para presidir estos actos tan serios y tan interesantes a la vida del partido? ¡Ah! A despacho de los contrafueros de Robledal, el verdadero comisario regio... bien, bien se comprendía dónde estaba.

En los años de retraimiento que corrieron sin que yo viese al señor de Boina, ocurrió un hecho curioso, de esos que parecen bromas de la casualidad. Habitaba el señor de Boina, según queda dicho, en un caserón de la calle de la Angustia, la más costanera, pedregosa, húmeda y antigua de Marineda, si se exceptúa la de la Sinagoga, más fea todavía. El tal caserón, que cualquier arquitecto declararía ruinoso, era, sin embargo, bastante claro y de condiciones higiénicas superiores a las de las casas nuevas marinedinas; pero por encontrarse sito en aquella calle extraviada y melancólica, costaba la mitad menos, y con unos cuantos realitos diarios podía el señor Boina permitirse el lujo de un salón donde celebrar sus recepciones oficiales. Pues bien: el segundo piso, igualmente barato y destartalado se vino a vivir ¿quién dirán ustedes? El señor don Pedro del Morrión, en persona.

Desde la Revolución, este héroe, mandado retirar lo mismo que el partido progresista, en cuyas filas formaba, y tan pasado de moda como la milicia, se había ido acartonando y quedándose hecho una castaña pilonga. La edad, que traía a don Juan un desarrollo majestuoso y pletórico de los tejidos y de las formas, secaba y reducía al ex abogado y ex bullanguero. Aquella vivacidad antigua suya remanecía, sin embargo, en sus movimientos y gesticulaciones, y, sobre todo, en su fogoso corazón, que conservaba todo el calor de los tiempos juveniles, por más que las facultades intelectivas y el vigor físico anduviesen muy desmayados. No se había entibiado un punto el ardor de sus convicciones; aborrecía más que nunca a los que seguía llamando facciosos; para él había un espectro; la teocracia, y cuanto en España ocurría de malo, que era casi todo, lo atribuía a manejos de los jesuitas y a intrigas de la gente negra. La pura verdad es que nadie le hacía caso, y que se le tomaba a broma en todas partes, no tanto a causa de sus opiniones, ni más discretas ni más tontas que las de la mayoría de los políticos de casino, sino porque la mucha edad, cuando no es augusta por el genio, por el nacimiento, por la virtud, tiene algo de cómico, máxime si no la sazona y condimenta la sal de la experiencia y del desengaño. Lo que a los veinticinco fue base de la popularidad de don Pedro, a los setenta y pico largos hacía sonreír hasta a la gente benévola. Así, la prenda elegante que un tiempo realzó la hermosura, pasa a ser disfraz carnavalesco y divierte por su extravagancia.

Lo triste para don Pedro era verse, a sus años, tan solito; porque aquellos amigotes de logia que le ayudaron a divertirse con don Juan, cuando lo de la Rápita, se habían ido muriendo —claro está, como que contaban las mismas Navidades que el famoso miliciano—. ¡Qué soledad la de los viejos sin hogar, sin familia y hasta sin ese calor ficticio, pero animador y benéfico, de las amistades políticas! Cada vez que don Pedro oía bajo sus pies el rodar de sillas y estrépito de pisadas de los que acompañaban en las largas noches de invierno al patriarca del tradicionalismo, y les sentía bajar, metiendo bulla y riendo a carcajadas, la vetusta escalera, una hipocondría profunda se apoderaba de él, y envolviéndose en su vieja bata de tartán, único preservativo que contra el riguroso frío usaba, y paseando de arriba abajo en su desmantelado e inútil salón, daba vueltas al problema siguiente:

«Vamos a ver: yo conocí a ese búho de don Juan Boina hace la friolera de cincuenta y tantos añitos. Ya entonces sus ideas eran una ridícula antigualla, desterrada por la esplendente luz del progreso. Desde entonces, en España, la causa de la libertad ha ganado terreno siempre; hemos echado a los frailes, consumado la desamortización, destruido los fueros, logrado la libertad de cultos... y, sin embargo, ese esperpento, en vez de quedarse arrinconado en el desván, se ha visto diputado, casi personaje, y aún hoy, retirado de la vida activa, recibe corte; vienen todas las noches seis u ocho personas de las más conocidas y respetadas aquí a hacerle tertulia, se encuentra mimado, y halagado, y hasta obedecido, y yo no sirvo sino para que se me rían en mi cara cuando me atrevo a decir algo de política. Vamos a ver, repito: ¿quién ha sido aquí el bolonio? ¿Quién el loco y quién el cuerdo? ¡Cuándo pienso que él está rodeado de jóvenes! Ese caduco despojo de edades oscurantistas, ¡con una escolta de muchachos! ¿Si retrocederá el siglo en vez de avanzar? ¿Si seré yo un memo, y la santa libertad una engañifa? Porque si hubiese justicia en la tierra, Marineda a quien debía traer en palmas es a mí, el nacional veterano; y a ese terco vejestorio servilón, encerrarle en la cárcel, donde otros están con menos motivo.»

Es inexplicable la murria que estas cavilaciones infundían a don Pedro. Tanto subió de punto que la tertulia de abajo, con sus risotadas, sus taconeos, sus sillas removidas y todo su alegre trajín vino a ser la idea fija del señor de Morrión; idea que, ayudada por la debilidad mental y las manías, compañeras inseparables de los años provectos, consiguió dar al traste con la serenidad del vejete, persuadiéndole de que andaba sobre un volcán, o, para decirlo más claro, de que bajo sus plantas se tramaba alguna formidable conspiración semejante a la de Ortega, y de la cual resultaría Marineda el centro, siendo foco del incendio aquella misma casa.

«¡Ah lechuzos! —exclamaba para sí el señor de Morrión—. A mí no me la pegáis. Vosotros no os reunís ahí tan solo para hacerle el mondiú a ese melón de don Juan Boina. A otro perro con ese hueso. ¿Si me acordaré yo de cuando, so color de hacerle cocos a una muchacha, nos juntábamos a llenar cartuchos y fundir balitas? Ya soy machucho y la experiencia me ha enseñado a desconfiar. Aquí se trama algo... Pero yo lo descubriré o pierdo el nombre que tengo.»

Lo cierto es que, después de tomada esta determinación, don Pedro no volvió a aburrirse. Había encontrado eso que se necesita a todas las edades, y más en la vejez: un objeto, una distracción, en fin, una forma cualquiera de la actividad moral humana.

Así que cerraba la noche, recatando la cara con el embozo, agazapado en un ángulo del tenebroso portal, atisbaba don Pedro a los tertulianos de su vecino y trataba de interpretar las palabras sueltas que pronunciasen al tirar de la campanilla. Después, tumbándose en el piso, pegando el oído a las rendijas de los tablones, procuraba sorprender el cuchicheo de la reunión oscurantista. Primero oía un murmurio acompasado y monótono, que alternativamente se apagaba o sonaba con más fuerza: era don Juan guiando el rosario de sus tertulios. Después notaba los acostumbrados ruidos de arrastrar muebles; se organizaba la partida de tresillo. Choques como de hueso con loza: las fichas. Carcajadas: un codillo al patriarca dado por medio de unas trampas de lo más irreverente. Y luego, lectura en alta voz, entrecortada por comentarios, exclamaciones, protestas, gritos y disputas interminables: era la lectura de El Siglo Futuro y de La Fe, no incompatibles todavía en aquellos tiempos, si bien ya muy esquinados y torcidos; como que no tardarían en arrojarse los platos a la cabeza. Estos eran los ecos de la tertulia para un espíritu desapasionado y observador; no así para el viejo maniático, que no podía explicarse semejantes rumores sino atribuyéndolos a alguna ocupación ilícita, perturbadora y completamente extralegal.

Una noche, sobre todo, llegó su excitación al paroxismo a causa de un suceso inexplicable para él y que ocurrió en el misterioso conciliábulo. Antes de referirlo, conviene advertir que los asiduos cortesanos del señor de Boina, gente moza y de festivo genio, iban cansándose de hablar y oír todas las noches las mismas cosas; y encontrando que la tertulia pecaba de soporífera, trataban de animarla con bromas y jugarretas. En los primeros tiempos se habían portado con gran formalidad, mostrando sumo respeto al patriarca; pero así como los sacristanes acaban por familiarizarse con las imágenes y objetos sagrados, y andar entre ellos como andarían entre cachorros o espuertas, ya los tertulios de don Juan no veían en él al figurón respetable de su partido, sino al viejecito chocho, con cuyas ideas estrambóticas se divertían en grande. Era aquella una generación nueva, no educada para venerar, o al menos infiltrada de ese virus de libre examen que funda la veneración en la crítica: que si venera, quiere saber por qué, y a quien en último término solo se imponen positivamente la inteligencia y el vigor. Así es que la casa de don Juan poco a poco fue convirtiéndose para ellos de santuario en entremés, y cada día ideaban una diablura diferente para solazarse a cuenta del pobrecito. Empezaron por tomarla con la criadita del señor don Juan, recomendada de un canónigo, que tenía la voz monjil y el andar muy repulgado, que saludaba diciendo: «¡Ave María purísima!», y que era, en opinión de don Juan Boina, la suma de las virtudes y el paraninfo de la castidad: flaquezas de juicio frecuente en los viejos que toman a su servicio muchachas. Para quemarle la sangre al señor Boina, nada como decirle chicoleos a su Verónica.

—Es un cargo de conciencia, señores —gruñía, poniéndosele la nariz colorada como el moco de un pavo—. ¿No comprenden ustedes que esa muchacha es la inocencia misma, que perturban ustedes su virginal corazón? ¡Una chica que se proponía entrar monja y ha dejado el convento para servirme! ¡Buen ejemplo y buena seguridad la que disfruta bajo mi techo! Señores, esto no puede seguir así. Al que diga algo atrevido a Verónica... se le expulsa, señores, se le expulsa.

Con esta orden draconiana tuvieron materia de diversión para rato. Es de saber que el señor Boina era el más desgraciado mortal del mundo cuando le faltaba un tertuliano; y hubo de observar con disgusto que alguno de ellos no parecía en tres o cuatro días por la tertulia.

—¿Qué tendrá el señor don Feliciano Mosquera? ¿Estará enfermo?

Guardaban silencio los cómplices, hasta que, apremiados por las preguntas y la aflicción del señor Boina, bajaban la cabeza y contestaban como avergonzados:

—Señor don Juan, Mosquera no se atreve a ponerse delante de usted... Tuvo la desgracia de echarle flores a Verónica..., y como usted ha sentenciado a expulsión al que en tal error incurriese...

Esta explicación la daba con aire gazmoño y voz contrita el joven abogado Martín Gómez Canido, el tertuliano de aspecto más modesto y formal, y en el fondo el más terrible guasón de cuantos mareaban al patriarca. Y don Juan solía contestarle, echándola de magnánimo:

—¡Jesús, María Santísima..., qué frágil es la humana naturaleza! En fin, por esta vez dígale al señor Mosquera que venga, que le echamos muy en falta... Pero con condición de que no reincida. ¡Si reincide...!

Agotada ya la vena de los requiebros a la sirvienta, discurrieron otra humorada sobre el mismo tema, y fue asegurarle a don Juan que su criada estaba ferida de punta de amor por él, lo cual la traía a mal traer, llena de escrúpulos y con el alma toda acongojadica.

—Señor don Juan, usted no sabe lo que es una muchacha sensible. Claro, la ponen a la infeliz al borde del abismo; la traen a vivir en compañía de una persona como usted, con ese prestigio y esa fascinación que ejerce sobre cuanto le rodea; me la colocan, como quien dice, sobre el barril de pólvora..., y no quieren que salte, Señor don Juan, tiene usted sobre su conciencia un gran peso. Ha envenenado usted la existencia de esa desgraciada. Antes de conocerle a usted solo pensaba en Dios, y ahora..., figúrese usted en lo que pensará.

A lo que respondía don Juan, cayéndosele la baba en hilos hasta la pechera:

—Son ustedes unos exagerados, señores. Una joven tan virtuosa no deja fácilmente que se la apoderen de las potencias las pasiones desenfrenadas. Con las prácticas cristianas de Verónica..., pues, vamos, no puede ser. Yo no digo que no tenga su sensibilidad lo mismo que cualquiera; todos somos..., en fin, somos mortales, no somos nada; pero la virtud siempre se levanta por encima de las asechanzas de esta carne maldita...

Viendo los empecatados bromistas la credulidad del buen señor, recargaron el cuadro:

—Señor de Boina: mucho sentimos dar a usted una mala nueva...; pero el cariño que le tenemos nos obliga... Nosotros debemos velar por su buena fama de usted. No conviene que el ilustre jefe del partido tradicionalista se vea tildado...

Aquí el señor Boina fruncía el sobrecejo, se echaba atrás con dignidad y articulaba con énfasis:

—Ustedes dirán, señores.

—Pues se trata de que, con motivo de esa pasión que por usted siente la infeliz Verónica..., anda por ahí cada cuento y cada chisme y cada historia... imponente.

—¿Qué me dicen ustedes, señores? Yo no sé lo que me pasa... ¿Están ustedes seguros?

—¡Toma! —replicaba Martín Gómez—, ¡que si estamos seguros! El director de El Pimiento Picante nos enseñó hasta el proyecto de caricatura que va a publicar contra usted. Sale usted de Fausto, y Verónica, de Margarita. Por supuesto que, si tal hace, le rompemos un alón; pero el escándalo..., el escándalo no se evita.

—Pues el escándalo es lo que conviene evitar, señores...

Y don Juan dejando caer la cabeza, incustrando la quijada en el pecho, desmayando la fisonomía, pareciera, efectivamente un búho atontado si no le faltasen los redondos ojos melancólicos que dan a esta ave nocturna aspecto tan grave y reflexivo. No inspiró lástima a los bromistas la actitud doliente del patriarca; lejos de eso, continuaron poniéndole la cabeza como un bombo, refiriéndole murmuraciones de vecindad y supuestos planes maquiavélicos de los librepensadores marinedinos, a fin de sorprender en malos pasos al mayor enemigo del liberalismo en Marineda: al eximio don Juan.

—¿A qué no sabe usted —insinuaba Gómez Canido, bajando los ojos, como siempre que iba a soltar una gran bellaquería— quién propala todas esas especies de ofensivas para el decoro de usted y, en general, de nuestra comunión? Y, claro, viniendo de tal origen, las cree todo el mundo..., figúrese. ¿No sospecha usted a quién me refiero?

El señor Boina, relampagueando con los ojos, alzaba el índice y lo movía de arriba abajo, pronunciando al mismo tiempo:

—Ya estoy, ya... Ese galafate del piso segundo...

—¡Ajá! Justamente. Don Pedro del Morrión es quien corre la voz de que si usted y Verónica...

Gómez completaba la frase poniendo horizontales los dos índices de la derecha y la izquierda, y dando en la yema del uno con la del otro repetidas veces.

—Hombre —articulaba, al fin, el señor de Boina—, a ese bicho malo convenía... sí, convenía que ustedes... me lo desalojasen de ahí. Si les he de ser a ustedes franco..., yo no estoy enteramente tranquilo con semejante vecindad. Una calumnia..., como ustedes dicen muy bien..., procediendo de un inquilino de la misma casa..., rueda y se divulga y tiene autoridad.

—Que sí; se lo correremos a usted de ahí. ¡No faltaba otra cosa! ¡En la misma casa de nuestro ilustre jefe ese revolucionario! No, no...; déjelo usted de nuestra cuenta.

Así estaban los dos inveterados enemigos: rebosando indignación, refrescadas sus antiguas discordias por la proximidad y atravesando con su ira el piso de carcomidas tablas que los separaba; la suerte que sus miradas no eran lanzas ni puñales; que si no, poco hubiese tardado en clavarse, pasando la débil valla, en ambos cuerpos.

En tal ocasión fue cuando los tertulianos, cansados de revolverle al señor de Boina armarios y alacenas para sacar a luz estrambóticas antiguallas; de hacer rabiar a Verónica en la cocina robándole los postres o escondiéndole el vino; de atarle al gato latas en el rabo y de volver los cuadros cara a la pared, idearon cierta infantil travesura, más propia de chicos del Instituto que de hombres barbados; y fue meter una rata enorme de las que en Marineda se llaman «lirios», en una cajita de madera, que, sellada y precintada, hicieron entregar por un mozo, diciendo que era un encarguito venido por la diligencia compostelana. La orden fue que el encargo se trajese cuando estuviese reunida toda la tertulia; y mientras don Juan sostenía la cajita en las manos sin resolverse a abrirla, dando vueltas al rótulo y discurriendo, según costumbre, si el regalo sería del señor penitenciario de Lugo o del primo Jacinto María, los tertulianos se empujaban con el codo y ahogaban la risa pellizcándose las manos o mordiéndose los labios. Por fin, don Juan determinó abrir, con gran prosopopeya, la caja, y, ¡pif!, saltó la rata hecha un basilisco, arrastrando más de treinta varas de bramante delgado con que le habían atado una patita y a cuyo extremo opuesto estaba sujeta la caja. Es indecible la confusión y algarabía; los chillidos de don Juan, que tenía un miedo cerval a las ratas; las carreras de los tertulianos para atrapar al animalejo, los brincos y fuga desesperada de éste; sus ascensiones a los muebles más altos; su refugio tras de una cortina; su trágica muerte a espadín, que fue el arma que más pronto se hubo a mano en el arsenal del señor Boina...

Arriba, don Pedro del Morrión, con el oído pegado al piso, el corazón en prensa y la respiración anhelosa, no podía darse cuenta del motivo de tan tremenda algazara.

—A alguno persiguen, es evidente; a alguno acosan; pero ¿a quién? —y de pronto, saltando como si el espadín que abajo consumaba la ejecución del asqueroso bicho le hubiese atravesado a él los riñones, exclamó—: ¡Caramillo! Ahí gritan ¡«muera»! ¡Se me eriza el cabello! ¡Ah!, no en vano decía yo que aquí hay más que una inocente tertulia. Aquí se conspira; aquí... se llega hasta el crimen.

Y al escuchar una voz que desde abajo dijo clara y distintamente: «Ya murió», el pobre hombre, tan sorprendido como si no acabase de anunciarlo, se quedó absorto, paralizado de horror.

Hay que insistir en que las potencias intelectuales del señor del Morrión habían ido debilitándose mucho con la edad, pues, de otro modo, no era posible que dejase de comprender, reflexionando serenamente, lo que bajo sus pies acontecía. Pero la edad enflaquece el juicio, y a don Pedro se le caían, de puro viejo, los calzones. Es indecible la trágica impresión que produjeron en su espíritu aquellos «mueras» y aquél «ya murió», oídos resonar, entre el silencio nocturno, en un caserón fantásticamente grande, donde cualquier ruido se agiganta y cualquier hecho se dramatiza. Don Pedro se acostó calenturiento y tiritando de fiebre: no pudo pegar ojo en toda la noche; lidió con mil pensamientos: de rencor y venganza los unos, de hidalguía los otros; hasta que a la siguiente mañana, apenas despachado el mezquino desayuno y vestídose el gabán de paño de pólvora y tomado el bastón de muleta bajó las escaleras y llamó con energía a la puerta de su enemigo.

¡Momento solemne en la existencia de entrambos! No se habían hablado nunca; no se conocían el metal de voz; y cuando don Juan vino a abrir en persona, porque la criada había salido al mercado, los adversarios y antiguos rivales se miraron con estupor consiguiente a aquella rara entrevista. Don Juan parecía una visión del otro mundo en el negligé matutino, con su elástica de franela amarilla, su gorro negro y sus babuchas; y don Pedro, al acercársele, sintió una mezcla de aborrecimiento, de asombro y, fuerza es decirlo, de consideración involuntaria. No obstante, entró con paso marcial, sin saludar más que por medio de un «felices días» seco y áspero. Pasó al salón, y ante el silencio orgulloso e interrogador de don Juan, que le miraba con altanería, perdió el aplomo, turbóse y balbució:

—Ya comprenderá usted el objeto de mi visita... Hay cosas que le ponen a uno en compromisos muy serios..., ¡muy serios! Cuando uno es caballero y lo ha sido toda su vida... El papel de delator es odioso... Y, al mismo tiempo, la conciencia de los deberes de ciudadano y de hombre honrado..., ¡de hombre honrado!, porque me precio de serlo...

—Haga usted el favor de explicarse inmediatamente —pronunció don Juan, que estaba purpúreo, y cuyas masas de carne temblaban como gelatina puesta en el plato.

—Que..., que si usted sigue celebrando aquí reuniones sediciosas que den lugar a escenas tan horribles como la de anoche, con mucho ¡con mucho! sentimiento mío me veré precisado a..., a... delatarle a las autoridades. Ya lo sabe usted, ¡ea!; ya lo sabe usted..., ya lo sabe. La ley ante todo..., la ley. Se inclinarán ustedes ante la ley..., mal que les pese. Tendrán ustedes que disolverse y... que respetar el orden establecido.

Todo el cuerpo de don Pedro vibraba a impulsos de la pasión interior; sus pupilas centelleaban, sus labios se contraían convulsos; sus mejillas estaban lívidas. Por impulso unánime los dos viejos se levantaron, y andando un par de pasos trágicamente, se quedaron a muy poca distancia el uno del otro. Se comían con la vista, y sus puños se crispaban. Al fin, don Juan rompió a hablar, trabándose de lengua.

—¿Con que..., con que usted me toma en boca... a la ley? ¿A la ley... eh? Usted... liber... libertino, la ley..., la ley... ¿Y qué ley reconoce un difamador..., ateo, como usted? ¿Eh? ¡La ley del..., del cerdo!

—Y usted..., hipócrita..., ¿porqué llama a los demás ateos?... Creemos en Dios... más que usted. ¡Usted..., bajo esa capa de religión, encubre... delitos, delitos como el de anoche! ¡Ateos nosotros..., los liberales de... siempre! ¡Nosotros no somos capaces de... acogotar a..., un ser humano! ¡No somos a... asesinos!

—¿A quién..., a quien he asesinado yo..., calumniador, disoluto?

La verdad es que don Pedro no lo sabía, a pesar de lo cual, penetrado de su razón, se empinó en las puntas de los pies, porque no era muy alto, cerró los puños y, hecho ya una fiera, anduvo, anduvo, anduvo hasta metérselos a don Juan por la cara... Y con voz que tenía todo el timbre de los años verdes, gritó:

—¿Qué a quién? ¡A la Libertad..., y... a... tu santa esposa..., mamarracho!

Una pálida criatura, ya reducida a polvo, surgió de repente entre los dos hombres. ¡Quién le dijera que aún podían acordarse de ella en el mundo de los vivos! Y don Juan, enarbolando una silla, aulló más que contestó:

—¡Yo te daré la esposa..., seductor, ladrón de honras ajenas!

Al querer descargar el silletazo, las fuerzas del viejo le hicieron traición, y enredándose en los pies cayó de bruces, desplomado, contra el suelo.

....

Dad un empujón al muro vetusto y ruinoso y se vendrá a tierra. Así sucedió a aquel par de estantiguas. Ninguno de los dos pudo resistir la descarga eléctrica del odio acumulado tantos años. Casi al mismo día enfermaron y se encamaron para no levantarse más. Una diferencia curiosa hubo, sin embargo, entre sus últimos instantes, y es preciso consignarla para dar a cada uno lo suyo, según manda la justicia.

Apenas vislumbró don Pedro que la cosa iba de veras, llamó a un sobrino suyo, única persona que velaba a su cabecera, acaso atraído por el olor del testamento, y murmuró a su oído con gran misterio y humildad, como quien pide una gollería:

—Anda a buscarme... un confesor

—¡Tío, qué disparate! No parece sino que se va usted a morir mañana.

—Que me busques un confesor te digo..., y basta que yo lo diga, que ahora no es ocasión de bromas. Mira..., tal vez esté ocupado el cura de la parroquia... Si está..., me traes..., me traes..., aunque sea..., aunque sea un jesuita... Ahí cerca creo que viven.

Un jesuita vino, en efecto, y él preparó aquella alma para salir, sin duda alguna, a vida mejor y más hermosa. Cuando el padre se encontraba enfrascado en su santa faena, haciendo repetir al moribundo los actos de fe, llamóle precipitadamente a la antesala un tertuliano de los más fieles de don

Juan, que venía afligidísimo, pues a vueltas de diabluras y judiadas habían llegado todos a cobrar al patriarca un apego y cariño piadoso.

—Se nos va por la posta —dijo el tertuliano, que no era sino Mosquera—. Tememos que no pase de esta noche; y mire usted, padre, por más raro que a usted le parezca, nos encontramos con que no hay medio de meterle en la cabeza que debe confesarse. Ni indirectas del padre Cobos, ni directas, ni nada sirve con él; indudablemente que era muy buen cristiano y su conciencia estará limpia; pero de todas maneras como está es la de vámonos...

—Comprendo y no me admira eso tanto como ustedes imaginan —cuchilleó el hijo de Loyola—. Bajaré en cuanto me sea posible, y ya se arreglará el asunto; pero en este instante...

Y con la cabeza señaló hacia la alcoba de donde acababa de salir.

—¿Y... ése? —preguntó Mosquera.

—¡Ah! Perfectamente, gracias a Dios...; perfectamente. En realidad, puedo decirlo..., una muerte edificante. Con permiso de usted... Allá me vuelvo. La sábana mortuoria cubría ya la faz de don Pedro cuando el confesor empezó a trastear a don Juan para hacerle entender que era ocasión de prepararse para el viaje eterno, del cual nadie ha regresado, y el ejemplo y el fin del miliciano nacional fue asunto de la exhortación con que dispusieron a bien morir al hojalatero, absolutista. Costóle mucho trabajo, pero, al fin, no tuvo remedio sino de enterarse de la más desagradable noticia: desagradable siempre, hasta a los ochenta, hasta en el fondo de un calabozo, hasta al que nada espera ni de nada sirve, que tal es la ley natural y ninguno puede eludirla.

Don Pedro y don Juan fueron enterrados, con diferencia de horas, en dos nichos contiguos, queriendo la suerte que ni en el cementerio separasen su morada. Atravesando el tabique que los aísla ¿riñen todavía sus espíritus? Al sentirse tan cerca, ¿crujen de rabia sus huesos en el fondo del ataúd?

Bien quisiera saberlo... y también quisiera sospechar qué diría don Juan Boina, si levantase la cabeza, del cisma que se ha movido entre los tradicionalistas desde hace un año. ¿Seguiría a la progenie de Robledal o a don Carlos de Borbón?

«La España Moderna», enero 1889.

Las tapias del Campo Santo

Entre todas las tiendas de que se compone el comercio marinedino, la más humilde, anticuada y estacionaria es la de Bonaret, el quincallero. Increíble parece que el patrón de aquel zaquizamí sea un mestizo de francés y catalán, dos razas tan mercantiles y emprendedoras. Acaso la explicación del problema consista en que dos fuerzas iguales, al encontrarse, se neutralizan.

Para el observador no carece de interés —de interés simpático— la tienda de Bonaret. Contrastando con los magníficos vidrios biselados, los relucientes bronces, las claras bombas de cristal raspado y las barnizadas anaquelerías que poco a poco, van echándose los demás industriales de Marineda, la quincallería conserva sus maderas pintadas toscamente de azul, sus turbios vidrios de a cuarta, su piso de baldosa fría y húmeda, sus sillas de Vitoria y su papel, despegado en parte, de un color barquillo, que el tiempo trueca en tono arcilloso indefinible. El escaparate (si con tanta pompa ha de calificarse la delantera de Bonaret) luce —en lugar de crujientes sedas y muebles terciopelos, cacharros artísticos o sombreros recargados de plumas— algunas sartas de cuentas verdes, cajitas de cartón llenas de abalorio, naipes bastos, tijeras enferrizadas, navajillas tomadas de orín, madejas de felpa y estambre para bordar...: todo atrasado de fecha medio siglo, cubierto de un tul gris por el polvo; en términos, que los ojos perspicaces y burlones de los ociosos marinedinos comprobaron diariamente los progresos del tapiz que tejía una gruesa araña, muy pacífica, en el ángulo izquierdo del escaparate.

La impresión que produce la tienda de Bonaret es la de un lugar solitario, donde no entra alma viviente; y, en efecto, rarísima vez se acerca la clientela al mostrador. Cuando las señoras de Marineda inventan una labor caprichosa o necesitan para un disfraz carnavalesco algún objeto pasado de moda desde hace treinta años lo menos, se acuerdan de Bonaret, y van a revolverle la casa. Son días nefastos para la araña tejedora; días en que el polvo y las correderas ven comprometida su tranquilidad. Que a la magistrada, la brigadiera o la cónsula le entra antojo de tal cachivache..., pues Bonaret sea con nosotros. Es indecible los tesoros que puede esconder una quincallería entre su complicado y heteróclito surtido. ¿Que se estilan hebillas de acero en los cinturones? Bonaret desentierra tres o cuatro. ¿Qué se bordan de canutillo las blondas? Lo tiene Bonaret. ¿Qué vuelven a llevarse los abanicos antiguos, de «medio paso»? Bonaret saca del fondo de una alacena cajitas de cartón dorado, y allí están los abanicos de nácar chapeado de oro, con paisajes de la época imperial.

Bonaret era un hombre enfermizo y triste. Dormilón para el negocio, vendía, al parecer, por condescendencia; al recoger en el cajón el dinero, suspiraba. No sostenía regateo; no defendía el género, y tan pronto daba por tres pesetas un abanico de estimación como reclamaba un duro por un ovillo de algodón encarnado. En su rostro marcara indelebles señales la ictericia; y ni en tiempo de verano riguroso prescindía de la gorra de seda y las babuchas de abrigo. Vivía con sus dos hijas; su mujer había muerto de tisis pulmonar.

La hija mayor, Joaquina, ya talluda ofrecía, en lo largo, insulso y verdoso del semblante, cierta semejanza con un calabacín, y por lo desgarbado del talle era un palo vestido. De su bondad se hacía lenguas la gente. Con todo, ignorábase que hubiese ejecutado ninguna acción reveladora de excepcional virtud, y probablemente su buena fama procedía de su resignada fealdad y soltería incurable. La menor, Clara, sin dejar de parecerse a Joaquina, tendría singular atractivo para un artista delicado de la escuela mística anterior a Rafael. El óvalo muy prolongado de su cara exangüe descansaba en un cuello finísimo, verdadero tallo de azucena. Sus ojos, asombrados y cándidos, eran pensativos y profundos a fuerza de ser puros. La inmensa frente ostentaba el bruñido del marfil y la luz de la inocencia. Sobre un cuerpo delgado y de rígidas líneas, el seno virginal, redondo y diminuto, campeaba muy alto, como el de las madonas que en las tablas del siglo XV lactan al Niño Jesús.

En Marineda no se le había ocurrido a nadie que fuese bonita Clara. Y, en realidad, no lo era sino vista su figura al través de la imaginación excitada por recuerdos artísticos y convencionalismos estéticos. Además, la hermosura en Marineda abunda como antaño el dinero en La Habana, y sobran muchachas frescas, guapetonas y airosillas a quien hacer guiños. Por otra parte, ni Joaquina ni Clara se dejaban ver en parte alguna; su tienda les servía de claustro. Ni bajaban los domingos al paseo de las Filas, cuando toca la música militar, ni jamás compraban dos asientos de «galería» en el Coliseo, ni asistían a los bailes del Casino de Industriales, ni siquiera iban a misa de tropa. Vivían lo mismo que en su concha el caracol. A nadie trataban. Su recreación dominical consistía en leer —mientras su padre hacía solitarios sobre el desteñido tapete de la mesa— cuadernos de folletines franceses, todos sucios y destrozados, recortados de este y aquel periódico, cosidos de cualquier manera por no gastar en encuadernación y, a lo mejor, faltosos del primer capítulo o del desenlace.

Aquellas dos arrinconadas criaturas, cuya existencia equivalía a un sonambulismo incoloro, melancólico a fuerza de monotonía; aquellas dos plantas que se ahilaban en la atmósfera polvorienta del mísero tenducho, no pudiendo alzar su copa hacia el Sol, se volvían afanosas hacia las luces de bengala de la fantasía novelesca. Las aventureras damiselas de Walter Scott; los castísimos amantes de Bernadino de Saint Pierre; las altivas e independientes heroínas de Jorge Sand; las perseguidas y galantes reinas de Dumas, les tenían devanados los sesos a ambas hermanas. Creían todo sin examen, mejor dicho, «sentían» todo, y no se les ocurría ni reflexionar en si las cosas pasaban así en el mundo en general y, particularmente, en la capital marinedina. El resto de la semana, mientras las dos doncellas, por modo automático, ayudaban a su padre a despachar tres adarmes de torzal o un papel de alfileres con cabeza de vidrio, su mente, y casi pudiera decir que toda su alma, la tenían, vaya usted a saber si en algún lago de Escocia, debajo de un platanero en la isla de Francia o colgada del manto del duque de Buckingham. Y era lo peor de esta guilladura que las dos hermanas ni aun entre sí hablaban de ella. Cada una archivaba sus pensamientos, y seguía, en apariencia, tranquila y apática, sentada en su rincón al lado del silencioso padre.

A bien que por allí no andaban galanes escoceses de pluma en gorra. Los ojos de Clara y Joaquina, al fijarse en los transeúntes por la calle Mayor, reconocían perfectamente a cada burgués marinedino: el que pasa ahora es Realdo, el lampista; síguele Taconer, el armero; el otro, Casaverde, concejal y fabricante de cerillas; aquel, Baltasar Sobrado, antes militar, hoy de reemplazo y al frente de su casa de comercio; luego, Castro Quintás, que expende petróleo y aguardiente de caña al por mayor. ¡Imposible representarse a Edgardo de Ravenswood en figura de alguno de estos tan apreciables convecinos!

Menos tipo de héroe de novela, si cabe, era el de don Atilano Bujía, tendero de ultramarinos establecido frente por frente al tugurio de Bonaret. Chiquito, arrebolado de cutis, bigotudo, peludo, de voz atiplada y muy tripón, don Atilano pasaba, no obstante, por furioso tenorio, y ni casadas ni solteras se veían libres de sus empresas galantes. Hubo una temporada en que no se sabe qué viento le llevó con suma frecuencia a casa de Bonaret. Siempre encontraba pretexto a la visita, y en presencia del mismo padre se familiarizaba groseramente con las muchachas, en especial con Clara, objeto de sus baboseos lascivos. Las muchachas se apartaban de su contacto como del de un sapo venenoso, y el padre, indiferente al principio, agarró un día una silleta para rompérsela en las espaldas. La causa no se supo jamás. Hubo sospechas de que Bujía osó ofrecer a Bonaret algún dinero «para salir de hambres». Fuese lo que fuese, Bujía no aportó más por el tenducho, y ahora se le achacaban libertinos propósitos respecto de una zapatera, muy guapa, rubia como unas candelas y legítima esposa de un esposo joven y buen mozo, por añadidura.

La desaparición de Bujía satisfizo a las dos hermanas, que sentían por él aversión y el miedo indefinible que causan a las doncellas absolutamente castas los hombres disolutos, por más grotescos e inofensivos que sean. Y desde entonces, cuando veían que les suscitase una idea cómica —el bombo de la murga, el faldero de la brigadiera—, lo comparaban a don Atilano.

—¡Qué facha! Parece Bujía —murmuraba Clara, sonriendo pálidamente.

Poco tardó, sin embargo, en borrarse el recuerdo del ridículo industrial ante un suceso gravísimo, único, que señalaba honda huella de luz en el alma juvenil de Clara. Vio a un hombre, cuyas prendas exteriores podían servir de cimiento al palacio de cristal de la ilusión..., y se enamoró de él, mejor dicho, cayó en el amor como en un pozo, atada de pies y manos, indefensa, loca.

No nos importa su nombre... Clara no lo supo tampoco hasta meses después de haberle rendido a discreción la voluntad. ¿Quién había de decirle aquellas dulces sílabas? Con nadie hablaba Clara; nunca salía, y «él» era forastero, recién llegado a formar parte de la guarnición de Marineda. Todas las tardes, la hija de Bonaret veía a su ídolo, ya ceñido por el brillante uniforme, ya elegantemente vestido con chaqueta de terciopelo y calzón de punto gris, al trote de su caballo bayo de pura sangre; y sin poder detallar las facciones del gallardo oficial, la deslumbraba el relámpago de sus ojos, que al paso se clavaban rápidamente en el rostro de la niña. Viérais entonces a ésta cambiar su tez de marfil por otra de encendidísima amapola; y este rubor ardiente, instantáneo, que ascendía como ola vital a aquella frente tan honesta, sería para el jinete —si lo pudiese comprender— cosa más dulce y lisonjera que todos los triunfos obtenidos sobre adversarios duchos en rendirse y contra fortalezas que rabiaban por facilitar al sitiador sus llaves.

¿Adivinó algo de esto el jinete? ¿Fue tan solo efecto de la inveterada costumbre de no dejar hembra sin ojeada, por si acaso? Lo cierto es que sus miradas eran intensas, constantes, fascinadoras. Clara aguardaba aquel mirar como el pan de cada día. La alimentaban los ojos de su absoluto dueño. Esperaba, con la fe mesianista de los seres humildes y olvidados, que el jinete, parando el generoso corcel, le dijese: «Pues, nada, que ahora te encaramas a la grupa y te vienes conmigo». ¿Adónde? ¡Bah! A donde él mandase: a Melilla, a Filipinas, a Fernando Poo...; ¡siempre sería a la gloria!

Tan tenaz se hizo en Clara esta obsesión, que secretamente, con fuerza de voluntad espantosa, realizó sus preparativos de viaje. Del mísero presupuesto de la familia ahorró real tras real una irrisoria suma y la cosió entre el forro de un abrigo que tenía siempre colgado al pie de su lecho. Destinaba aquel caudal a la adquisición del indispensable saquillo y a la de un velo tupido para cubrirse el rostro. Lo que no se presentaba era la ocasión de salir de ocultis a todas esas compras urgentes. Sin embargo, acechándola bien...

Aracne silenciosa que labrabas tu tapicería en el rincón del tenducho, ¡cómo te avergonzarías si pudieses ver los bordados de seda, plata, perlas y orientales rubíes que una labrandera rival tuya, la ilusión, recamaba en el cerebro de Clara Bonaret! Misterioso abrazo; fusión de dos espíritus simbolizada por dos cuerpos juveniles y hermosos; abrazo que nunca te manchas con el barro de la sensualidad; poema de estrofas rimadas por caricias de ángeles; viaje a la tierra donde la materia no existe, donde no hay prosa, donde se anda sin tocar el suelo, donde las flores narran consejas a la Luna... Ensueño divino que unge y mata al que en sí lo lleva, ¡cómo hervías, cómo te elevabas en columna de oro del espíritu de Clara Bonaret al cielo, tu verdadera patria!

Un día el jinete no pasó. Clara se acostó febril. No cabía duda: ocupaciones o enfermedad... Tampoco al día siguiente se oyó el trote del caballo arrancando chispas de las piedras y del corazón de Clara. Ni al otro, ni al otro... Una semana había transcurrido.

La niña no se tomó el trabajo de inventar pretextos. Así que no pudo más, cogió las vueltas a su padre y hermana; atravesó rápidamente, sin avergonzarse, la calle Mayor, donde algunos transeúntes, conociéndola, la miraban con extrañeza; bajó hacia el Páramo de Solares y se fue derecha como un dardo al cuartel. ¿Al cuartel? ¡Vaya! A peores sitios iría ella sin vacilar. El centinela la detuvo, preguntando un instante, medio guasón y medio solícito, qué quería. «Saber dónde vive...» (Aquí el nombre, que no nos importa). Como el soldado no acertase a responder y pasase por allí un sargento, fue éste quien sacó de dudas a la enamorada: «Ese señorito hace más de ocho días que largó de Marineda. Siempre quiso ir destinado a Sevilla, y tanto trabajó, que lo consiguió por fin. Si tiene algo que decirle..., escriba».

¡Escribir!

Clara no articuló palabra alguna. Dio media vuelta se echó a la cara instintivamente el velo del manto y rodeó el lado derecho del cuartel, en dirección opuesta a su casa.

Volver a ella no lo pensó ni un segundo. En medio del caos de su pobre meollo, quizá la única idea concreta y dominante era huir, alejarse mucho de su casa. Su casa era un limbo gris, una tumba de vivos. Su casa..., ¿y no ver pasar el jinete? Para ella todo se había concluido, todo; no encontraba fondo en que asentar la existencia ni razón para continuarla. Esto no lo discurría; lo sentía dentro, bajo el dolorido seno izquierdo, en la apretada garganta, en la vertiginosa cabeza.

Iba andando lentamente, lo mismo que si se recrease en pasear. Era, en realidad hora de gozar plenamente la hermosura y calma de la tarde. En las callejuelas que siguen al cuartel, la proximidad de la noche infundía paz; los chiquillos se recogían a cenar y a acostarse; un soplo fresco y salitroso venía de la costa y en la capillita pobre, frecuentada únicamente por pescadores, el esquilón convocaba al rosario.

Clara andaba y andaba maquinalmente. No sentía, al avanzar, la flexión de sus piernas. Tenía la sensación de caminar sobre algodón en rama, con la frente hecha un horno y la boca seca y untada de hiel.

De súbito, se paró. Había recorrido toda la calle del Faro, y al concluirse las casas se le aparecía la extensión sin límites del Océano.

En aquel punto no estaba azul, sino verde, de un verde negro casi, pero sereno, con admirable serenidad. Sobre la cima de los montes fronterizos asomaba una encendida Luna, envuelta en rosados vapores. Clara permanecía quieta, paralizada, invadida de repente por un dolor agudísimo. No acudieron a sus ojos las lágrimas, pero sí a su garganta un sollozo ronco, un anhelo de ave herida de muerte por el plomo del cazador.

Sus ojos se fijaban en el disco saliente de la Luna. El hermoso astro, al asomar, relucía enorme, incandescente, glorioso. A medida que iba ascendiendo su inflamado color palidecía. Al fin se convirtió en placa de oro pálido, y poco después, en la blanca faz de un muerto. Tal le parecía, por lo menos, a Clara, que no pudo menos de establecer, sin expresarla o darle forma, una comparación instintiva entre la suerte de sus afectos y aquella poética decadencia sideral.

Así eran las cosas: extinguido el fuego, la dicha borrada, el único interés de la vida suprimido como aquel fugitivo resplandor de la Luna. La existencia ya oscura y tétrica eternamente; un mar sombrío, sin límites, sin esperanza...

¡Cuán veloz germinó la idea en su cerebro! ¡Cómo prendió, a modo de chispa en seca paja! ¡Decir que no se le había ocurrido antes! ¡Un remedio tan pronto, tan seguro, tan eficaz!

Con alegría pueril echo a correr hacia la costa. No veía; la vereda era pedregosa, costanera, abierta entre los sembrados y a lo mejor interrumpida por charcos y zanjas, donde Clara tropezaba frecuentemente. Una vez hasta cayó. Soltando carcajadas, convulsiva, volvió a levantarse y siguió su camino, después de recogerse las faldas, procurando, por hábito de pudor y como si alguien la viese, que no pasase el remango más arriba del tobillo. Ya distaba poco del mar..., cuando advirtió que no podía llegar hasta él. Agrios peñascales, picudos y resbaladizos, la separaban del Océano. Cien veces se rompería las piernas antes de acercarse al agua salvadora.

¿Qué hacemos?

Miró alrededor. La Luna, enmascarada ya por nubes grises, alumbraba poco el paisaje; sin embargo, Clara pudo ver que el sendero, a la izquierda, se torcía bajando hacia el mar. Por allí debía de haber salida. Solo que para tomar aquella ruta era preciso pasar rozando con las tapias del campo santo. Y Clara, resuelta a morir, tenía miedo a las tapias.

¿Miedo a los espantos de ultratumba? ¿Miedo a algún ánima del Purgatorio? No, por cierto; ni se le ocurrió siquiera. Miedo al sitio, muy sospechoso y de fatal reputación en la capital marinedina. No obstante lo retraídas que vivían las hijas de Bonaret, habían llegado a sus oídos historias trágicas relacionadas con las tapias malditas. Allí se recogían suicidas con el cráneo roto o mujeres asesinadas con un puñal clavado en el pecho; allí se dirimían las cuestiones a garrotazos, y allí, por último, buscaban infame seguridad las parejas sospechosas. Clara temblaba a las tapias del campo santo. ¿Qué podría sucederle peor de lo que ya tenía resuelto? Nada, en verdad; pero..., enigmas de nuestro ser, temblaba.

Al fin se decidió. El corazón le pegaba grandes brincos. El sendero faldeaba precisamente la tapia, revolviendo al tocar con el ángulo, donde un vallado lo guarnecía. Clara se deslizaba, llena de ansiedad, deseando llegar al final de su carrera...

Disponíase a dar la vuelta al ángulo de la tapia, cuando tuvo que detenerse, o, mejor dicho, el terror la inmovilizó de golpe. Por el otro lado de la tapia sonaban voces, un cuchicheo entrecortado y singular.

Aproximóse el grupo, y se detuvo precisamente en el ángulo, antes de salvarlo y encontrarse faz a faz con Clara. En vez de proseguir, sentáronse en el vallado, tan juntos, que hacían una sola mancha oscura sobre el fondo del cielo. Fija, muda, reprimiendo el aliento, dominada por la malsana curiosidad de las doncellas, Clara los devoraba con los ojos. Eran dos amantes, no cabía duda; así estarían ella y su ídolo, si lo hubiese permitido la triste suerte... ¡Dos amantes, dos futuros esposos! ¿Qué otra cosa habían de ser, cuando así se acariciaban y estrechaban y fundían? No obstante, a los dos o tres minutos de espectáculo, Clara sintió una especie de náusea moral, algo parecido a la sensación de la primera chupada de cigarro para un chiquillo. Y esta náusea se convirtió en horror al salir la Luna recogiendo su velo de nubes y distinguir claramente, en la enlazada pareja, las figuras y rostros de don Atilano Bujía y la hermosa zapatera vecina de Clara, rubia como unas candelas y mujer de un marido joven y buen mozo.

Clara miraba al grupo, sin hacer un movimiento, cortada hasta la respiración por el asco... Su misma repugnancia le impedía huir, librarse del espectáculo grotesco y odioso. También el asco fascina, prende los ojos, prende la imaginación y fuerza la atención, quizá con más energía que el gusto... Clara no quería ver, y miraba; no quería oír, y oía distinta y sutilmente; no quería entender, y en su alma de virgen se rasgaba un velo blanco...

Hacía diez minutos que se había alejado la pareja, dando, sin duda, vuelta a las tapias por el lado opuesto, y aún Clara no tenía ánimos para arrancarse de allí. Sentía un hielo, una anestesia interior, la congelación de su novelesco ideal. Una voz mofadora repetía a su oído: «Ahí tienes tú lo que es el amor, chiquilla...»

Una ráfaga de aire muy vivo, marino, delicioso, la despertó. Exhalando un suspiro, volvió pies atrás, se ciñó el velo y tomó a buen paso el camino de la ciudad, impulsada por el temor de que su padre y su hermana estarían vueltos locos echándola de menos.

«La España Moderna», tomo XXV, 1981.

Libros a la carta

A la carta es un servicio especializado para

empresas,

librerías,

bibliotecas,

editoriales

y centros de enseñanza;

y permite confeccionar libros que, por su formato y concepción, sirven a los propósitos más específicos de estas instituciones.

Las empresas nos encargan ediciones personalizadas para marketing editorial o para regalos institucionales. Y los interesados solicitan, a título personal, ediciones antiguas, o no disponibles en el mercado; y las acompañan con notas y comentarios críticos.

Las ediciones tienen como apoyo un libro de estilo con todo tipo de referencias sobre los criterios de tratamiento tipográfico aplicados a nuestros libros que puede ser consultado en Linkgua-ediciones.com.

Linkgua edita por encargo diferentes versiones de una misma obra con distintos tratamientos ortotipográficos (actualizaciones de carácter divulgativo de un clásico, o versiones estrictamente fieles a la edición original de referencia).

Este servicio de ediciones a la carta le permitirá, si usted se dedica a la enseñanza, tener una forma de hacer pública su interpretación de un texto y, sobre una versión digitalizada «base», usted podrá introducir interpretaciones del texto fuente. Es un tópico que los profesores denuncien en clase los desmanes de una edición, o vayan comentando errores de interpretación de un texto y esta es una solución útil a esa necesidad del mundo académico.

Asimismo publicamos de manera sistemática, en un mismo catálogo, tesis doctorales y actas de congresos académicos, que son distribuidas a través de nuestra Web.

El servicio de «libros a la carta» funciona de dos formas.

1. Tenemos un fondo de libros digitalizados que usted puede personalizar en tiradas de al menos cinco ejemplares. Estas personalizaciones pueden ser de todo tipo: añadir notas de clase para uso de un grupo de estudiantes,

introducir logos corporativos para uso con fines de marketing empresarial, etc. etc.

2. Buscamos libros descatalogados de otras editoriales y los reeditamos en tiradas cortas a petición de un cliente.